U0571087

苏青文集

我的女友们

苏 青 著

散文卷（上）

方 铭 主编

时代出版传媒股份有限公司
安徽文艺出版社

图书在版编目（CIP）数据

苏青文集·散文卷（上）/苏青著；方铭主编. —合肥：
安徽文艺出版社，2016.2（2024.7重印）
ISBN 978-7-5396-5634-2

Ⅰ．①苏…　Ⅱ．①苏…　②方…　Ⅲ．①中国文学－当
代文学－作品综合集②散文集－中国－当代　Ⅳ．①I217.2

中国版本图书馆CIP数据核字(2015)第290808号

出　版　人：姚　巍
出版策划：朱寒冬　　　　　　　出版统筹：宋潇婧　　王婧婧
责任编辑：周　丽　　　　　　　装帧设计：张诚鑫

....

出版发行：安徽文艺出版社　　www.awpub.com
地　　　址：合肥市翡翠路1118号　　邮政编码：230071
营　销　部：(0551)63533889
印　　　制：安徽芜湖新华印务有限责任公司　(0553)3916126

....

开本：710×1010　1/16　印张：14.25　字数：150千字
版次：2016年2月第1版
印次：2024年7月第3次印刷
定价：55.00元

....

（如发现印装质量问题，影响阅读，请与出版社联系调换）

目录

序

在民族生死存亡的大时代,一个平凡的弱女子,居然以文章在孤岛似的上海开辟了一个新天地,这委实是不容易的事。我这里说的是苏青。关于苏青的生平创作,在《苏青小说集》里已做了简略的介绍,不再重复。现在有必要先拨开罩在苏青身上的迷雾,以便澄清历史,更好地接近作者,真正接受她的作品。

阻碍我们阅读苏青作品的有两重壁障。其一是她的小说《结婚十年》。作品甫出,半年内就再版了9次,两三年后,再版有36次之多,这恐怕在中国小说出版史上,论畅销的程度,也该算首屈一指了吧。但事情总是这样:"名高而谤亦随之。"由于她行文的坦率,也可能更多的人是以耳代目,或者如鲁迅所抨击的某种国民劣根性的显露:"一见短袖子,立刻想到白臂膊,立刻想到全裸体,立刻想到生殖器,立刻想到性交。"(《而已集·小杂感》)望书名而生邪念,以讹传讹,一方面因不正常的观念反而促销了小说的发行量,一方面加在作者身上的误解愈积愈多,使得苏青在当时不得不一次又一次地声明。这在《〈浣锦集〉与〈结婚十年〉》一文中说得十分清楚,她说:"于是有人称我为'大胆女作家',这在我并不以为耻,却只觉得在事实上未免愧不敢当。……至于《结婚十年》呢?所叙述的事根本是合乎周公之礼的,恋爱、结婚、养孩子都是一条直线的正常的人生道路,既没有变态行为,更不敢描写秽亵。"经过几十年的历史淘洗,如今,《结婚十年》以及苏青的其他创作都重新问世,以平常心来阅读,恐怕再也没有一个读者觉得她有什么越轨的描写了。其二,更大的障碍是对苏青在特定时期的政治表现的怀疑与误解,这一重迷雾似乎裹挟得更厉害些。甚至"海派小品集丛"介绍到苏青时,还说她:"抗日爆发后曾一度在伪上海市政府任职员及陈公博的秘书,这是很为世人诟病的经历。"海峡对岸,有一篇悼念张爱玲的文章,提到张与苏青,说:"一个走出国门飘流瀚海,一个锁入牢门关死为止。"(1955 年 9 月 21 日台北《"中国时报"·人间》,木心文)我认为种种误传,都离作者的真实遭际甚远。确实,在沦陷区的上海,苏青是以文出名的。但写文的动机她屡次坦白地说是为了谋生。至于说她有多高的抗争意识,她也老实地承认没有。她当时就这样说:"文章愈写愈多起来了,'苏青'这个名字也渐渐地有人知道了,而我所想找的固定职业还是没有找到。于是,我只好死心塌地地做职业文人下去了。在这里我还要郑重声明:当时我是绝对没有想到内地去过,因为我在内地也是一个可靠的亲友都没有的。假使我赶时髦似的进去了,结果仍旧卖文,而且我所能写的文章还是关于社会人生家庭妇女这么一套的,抗战意识也参加不进去,正如我在上海投稿也始终未曾歌颂过什么大东亚一般。"(《关于我——〈续结婚十年〉代序》)这一番平心之言,今日我们能宽容地理解的。至于说她曾任伪职,甚至说她曾成为汪精卫以下二号汉奸陈公博的秘书,这一点作者在《续结婚十年》里有所提及。一个平常的女人,写了一篇偶及当时要人的文章,引动要人的注意,要人除了予以金钱解脱她的困窘外,也曾想她出来当秘书。但她坚持职业文人的道路,婉拒了这一要求,这又有什么可以非议的呢?而况,新中国成立后,人民政府知道她的这段经历,安排她在越剧团任编剧工作,生活在新中国的天地里,苏青应该说是愉快的,她所编的《屈原》一剧,还曾荣获华东区会演一等奖。只是,为了编《司马迁》的剧本,苏青曾写信向当时任复旦大学教授的贾植芳请教,贾植芳因"胡风事件"被捕,抄出这封信,株连苏青,使她收监审查,后来释放得到平反。经历了"文革"的灾难,她最后在1982年得到善终。晚年她写信给友人说:"寂寞惯了,心境很舒服。"应当承认,过"左"的政治运动伤害了不少人,这段不幸的历史,只会增加我们对苏青的同情。我曾在《读书》上论及张恨水,文章的标题是:《应当有同情地理解》,我之所以不厌其详地为苏青澄清历史,就是希望不论对张恨水乃至苏青,都应当以此态度去衡文论人。

现在再来谈谈苏青的散文创作。其实,苏青的散文出手比她的小说还早。她的第一部散文集《浣锦集》，出版于 1944 年 4 月，其中收的散文，最早创作于 1935 年，当时她就是林语堂主编的《论语》的积极作者。她的散文也引起了散文大师周作人的注意，后来她的不少散文集也是这位知堂老人亲署题签的。《浣锦集》一出，也是一版再版，读者踊跃。连张爱玲都并不看重她的小说《结婚十年》，而对苏青的散文表示了钦羡。

苏青和张爱玲一样，写作与成名都是在一个特殊时期。这一点柯灵先生在《遥寄张爱玲》的名文里做过分析。也即是说，处于孤岛时期的上海，控制在日本人和汪精卫政权手里，高张民族意识的新文学受到压制，过去的鸳鸯蝴蝶派也难得死灰复燃，这样，表现女性情爱与生活细节的空间，得以有开拓的自由。从更深层的动因看，这一时期，对"个人生活"和个体生命存在的特殊关怀，固然有因政治不自由，写"自己生活中琐事"，用不着担心意外麻烦的原因，但更根本的，却是战争毁坏了一切。这种"惘惘的威胁"，不仅危及国家、民族的生存，而且每一个个体生命都受到实实在在的压迫。因此，在 20 世纪 40 年代，从文学整体看，不仅有民族意识的觉醒，也有对个体生命存在的关注与思考。具体到上海这个孤岛环境，个体生命意识被推到文学图景的前沿，得到一次历史性的凸显，这赋予了张爱玲和苏青以很好的机遇，也使得她们的文字有了一种特殊的价值。

苏青有一本散文集名字就叫《饮食男女》，这一书名很能概括苏青散文创作的全部内容，它显示了人的"最自然、最基本的功能"，"日常生活"

这一最稳定的、更持久永恒的生存基础,确实是她在战乱中的独特的生命体验。还可以追溯过去五四新文学所关注的"个体意识的觉醒",以及和今天存在主义现代性的相通,这将证明苏青散文有着常青的生命价值。还有,苏青在一篇文章中,把"饮食男,女人之大欲存焉",做了一个标点的更动,就突出了女子主体的生命意识。她的很多文章,都是从女性的视角来谈恋爱、婚姻、家庭、丈夫、儿女以及社会的诸种问题,曾经启发了无数的读者。今天将她的思想见解汇入 20 世纪世界最重要的文学潮流——女性主义文学,并不是故意拔高她的文学价值,而是确然无疑的事实。因此苏青的散文又多了一重意义。

本套书中的苏青散文基本上反映了作家散文创作的全貌。《苏青文集·散文卷(上)》,是近于叙事抒情的散文。譬如《豆酥糖》一篇,对儿时生活的热烈回忆,对老人的深情眷恋,写来娓娓动人。最后一句"我的好祖母呀",尤为神来之笔,有呼之欲出之妙,早有人把它和朱自清的《背影》相媲美。至于其他描写人物、揭露世相的文章,都栩栩如生,入木三分,见出作者感性生活的丰富和处理细节的才能,发出了"通常的人生的回声"和"细密真切的生活质地"(张爱玲语)。《苏青文集·散文卷(中)》,是苏青散文的主体,可以看作她对最直接最逼真的人生实际生活的探寻与询问。虽然她感到生活经验不丰富,但她自以为:"我常写这类男男女女的事情,因为我熟悉的也只有这一部分。"像苏青那样兴致盎然地不断咀嚼日常生活的滋味,从她笔下所传达的那份琐碎平常的诗意,反而会使信念惶惑和生活紊乱的读者获得心安和坚实的感觉。她的文笔是老到的,议论是平实的,不回避任何问题,又能辩证地融会贯通。《苏青文集·散文卷(下)》,除了描绘世情,还收录了她自己文章的自述,包括各个文集的自序和后记、编辑杂志的体会与认识,以及少数文评,这对了解她的身世与文心,都有价值。我们还附录了一篇《苏青张爱玲对谈记——关于妇女、家庭、婚姻诸问题》,仍然是帮助读者理解作为女性作家的她们对男女婚恋诸问题的看法。附录的第二篇是苏青逝世后她子女的一篇回忆文章,寄托后代对她的哀思。

台湾旅德作家龙应台写散文很有才气,她的《野火集》几年来已重印了一百五十次以上。但她深感文字的深度和力度不够,很想研究抗日战争时期在孤岛上海发表散文的女作家苏青,因为苏青是女作家中唯一擅长写散文的(见吴小如《书郎信步》)。我想,苏青散文创作重新集结问世,仍然是有裨益的。

方铭

2015 年 11 月于安徽大学

我的女友们

女子是不够朋友的。无论两个女人好到怎样程度，要是其中有一个结了婚的话，"友谊"就进了坟墓，我从前有许多好友，现在都貌合神离，有些且音讯杳然了，原因是我已结了婚，而且有了孩子，不复是"伟大女性"，够不上同前程远大的她们谈交情。而我呢，委实也没有想过将要离异了丈夫，抛弃了婴儿，去享受和这些女伴们一同研究皮鞋式样之类的乐趣。

我从未向她们夸说过我的丈夫如何豪富，我的孩子如何美丽等惹厌话，也未曾目视飞鸟地怠慢她们过，更没有对她们敷衍地打过"今天天气……哈……哈……哈……"等套语，然而我与她们之间，确是有了隔膜了。

有时我在公园路某洋服店门口遇见几位身披浅灰色春大衣的旧友，约我加入妇女国货服用会，并叮嘱预备好提案，以便开会时提出。我自顾无此雅兴，且没有新衣可于开会日参加"时装竞赛"，只得婉谢了；她们立刻现出不悦而且轻视的颜色,悻悻地走开。

有时我在电影场遇见几位布衫短裙的女志士,她们滔滔不绝地对我讲了许多"整个的社会问题",我却没有"顽石点头",但也不曾与之舌战,其原因是:(一)全神贯注到银幕上的动作和表情,宁可辜负女友们四溅的香唾,却不愿让自己的四毛钱花得冤枉。(二)恐"雄辩"要惊起邻排 Gentlemen 及 Ladies① 的座,惹得被骂为"死要出风头"。(三)更恐她们评论时事,累及自己受反动嫌疑。结果,只得又不欢而散。

有时居然也有几个故友来"拜访"我,在促膝工作完毕后,谈心却不得劲儿:她们批评我房中的木器窗帷的颜色,以至于我丈夫的面貌;而我却觉得这些实在都没有心儿要谈的。而且她们的意见又与我相左:她们嫌我木器上象牙欠嵌得多,而我心中却觉得耐久的紫檀并不一定要乱镶上什么象牙;她们以为窗帷该用淡红轻绸,而我却觉得纯白轻纱较洁雅;她们介绍我许多名贵的脂粉,而我却恨箧中钞票不够;她们说我丈夫欠白皙,而我却从来不喜欢"梅兰芳式"的男子……话虽如此,我口中却不得不唯唯称是,否则就将被加上一个"爱戴高帽子"的恶名了。

有时我也曾去找过人家,她们正在痛骂男子压迫女人,女子得赶快起来,自谋解放。"最痛心的"是她们把话头针对了我说:"许多有希望的女子,嫁后就完全变了,简直不知道有独立人格!"这类新名词,在四五年前,

---

① 英文:绅士及太太。

我也曾把它当过口头禅，如今此词久已不弹，听起来似乎有些深奥。我的意思是，夫妇间应得互相迁就，互相谅解，难道不"你一枪，我一刀"的，就没有独立人格了吗？"独立人格"！我委实不知道自己在什么地方遗失了它？现在该到何处去找寻？但是，事实逼迫着我，又不得不附和着讲些男子薄幸这类话，虽然我至今尚未发现丈夫负心的痕迹。可是结果出乎意料，我卖尽了力，代价只换得轻轻被说一声："无志气，甘心做男子奴隶！"

于是我觉得自己落伍了，结婚就落了女友们的"伍"。我不复是"伟大的女性"。

"女子是不够朋友的。"我的女友们在失望中感慨着。

（原载 1935 年 8 月 16 日《论语》第 70 期）

女 生 宿 舍

前年暑假后我考入中央大学，住在西楼八号，（当时中大女宿舍分东、南、西、北四楼，各楼都有它的特色：南楼是光线足，东楼空气好，北楼形式美，西楼则臭虫多。）那里是一个很宽大的房间，铺了五张床，窗侧还有一门通另一小室，住在这小室内的人进出必须经过我们的大房间。因为西楼八号是全女宿舍中最宽大的一间（别的房间都只能容纳一人至三人），而室中主人的性情又各有差别，形形式式，煞是好看。

一个长方形的房间，正中是门，门的两旁各有一窗，其对面亦有两窗：魏懿君的床位就在此二窗之间，与门遥对；梅亦男与我则睡在门的左右旁；与我头尾相接的是王行远；与梅相接的是李文仙。除了魏懿君的自修桌在她自己床前外，我们四人的都各据一窗，与自己床位相近。室中央置五个书架，各边密合，成一正五角形。在正对着门的那条交线下，放了一只马桶，每晚你去我来，光顾不绝，有时且有供应不及之患；因为我们四人的头睡时都集中于此两旁,登其上者左顾右盼,谈笑甚乐,睡者既不嫌饱嗅臭气,坐者又何惜展览臀部;只是苦了那位住在小室中的周美玉小姐,臭味即尚可忍,身份岂容轻失,于是每晚归寝时总须用块淡红绸帕掩掩鼻子,回到小房间里还得吐上几口唾沫。

当然,周小姐是西楼女生宿舍中的贵客:她有一位在京做官的父亲,还有一位在沪当买办的未婚夫,而且亲友中又有不少达官富绅,像这样的一位娇小姐,又是不久以后的贵夫人,不加些雍容华贵的装饰怎行?于是面厚其粉,唇红以脂,鞋高其跟,衣短其袖,伞小似荷叶,发皱如海波……袅袅娜娜地出入于政治系三年级教室,立而望之者不少。与之相反者为魏懿君,肄业于中国文学系四年级,不整齐的发,黑旗袍,面色枯黄而有雀斑,年龄还只23岁,望去却如三十许人。然据梅的统计全室中年龄最大的还是周而不是她,其余梅与她同岁,李今年20岁,王行远与我则同为19岁。由于好奇心激发,我有一次在房中与周闲谈时问起她的年龄,不料彼怫然不悦,谓欧美交际习惯,不能问人年岁,尤其对于女子;并责我身为外国文学系学生,不应明知故犯。我忙解释自己素不拘礼,更不知密斯已入欧美籍,致违"入国问俗"之训;此后誓将 John. V. Banow 之"Good manner"①一书背熟,免劳密斯娇嗔,她见我嬉皮笑脸,却也奈何不得,在表示原谅后,说她的实足年龄为廿二岁零十一个月,若按中国习惯法计算,却

---

①　英文:约翰·V·巴尔格的《好习惯》。

要说 24 岁了,不过我们应该采用欧美算法。

但是这些计算法于梅丝毫不感兴趣,她在体育科读了三年,除了 50 公尺、100 公尺等要用算学中数字,Ready! Go!① 喊口令时用几个英文外,什么牛顿、莎士比亚都不放在心上。还是国文有用处,最后的幸福能使她流泪,恋爱尺牍也得常备案头。可是在初开学的几天她似乎连这些兴趣都没有,天天躺在床上,睡了一觉又一觉,睁开眼时就掀开毯子捉臭虫,捉了七八只又不高兴再捉,顺手扯了一条长"灯笼裤"向胸上一丢,又自酣睡过去。要不是一天到晚总是有吃饭、会客、听电话、大小便等事来麻烦她的话,她定可以一昼夜睡上 24 个钟头,至少也得 23 个。

这种贪睡的习惯在李文仙可是不能,她与我及王行远同是本年度的新生。然而她入的是化学工程系,故不能与我们外文系相较,更不能与王的教育系并论了。她一天到晚做习题,做试验,每天开电灯起床,点洋烛归寝(因为那时电灯早已灭了)。布衣,素面,另有风致,王称之为"自然之美"。魏虽早寝而睡不着,欲早起又疲困欲死,终日哼哼唧唧,执卷吟哦。我与王睡眠时间无定,有时晚饭后同到外面逛逛,经过会客室门口时,只见灯光灿烂,对对男女,含笑凝神,继则挽臂出游,时王尚无爱人,我虽由母亲代拣了一个未婚夫,但他待我也是漠然,眼看着人家陶醉于热爱中,不免又羡又妒。

---

① 英文:准备! 走!

"他们也许是兄妹吧？"王凝望着我。

"也许是亲戚！"我凝望着她。

"总之，就算是恋爱这个玩意儿吧，虚伪、浅薄、肉麻，只好骗她们这批笨蛋！眼见着没落就在目前，继着狂欢来的是遗弃与堕落！"我们像发现了真理似的，胜利地相视一笑，也随在他们的后面，挽臂而出。

南京可玩的地方虽是不少，可是选择起来，却也无几。太远了不好去；距中大最近的是北极阁、农场等处，在 10 时前去会使你挤出满身汗来，还被男生们品头评足，走路姿势尚不知采用何式为妥，哪里还有心情去欣赏这"秣陵风月"？10 时以后你若是要去原也可以，只是不知要受多少绿树浓影下的情侣的诅咒。有一次我同王在农场池边只说了一声："此刻正是'月上柳梢头'的情景啊！"次晨碰到北楼的许小姐，含羞带愧地嗔着我："密斯冯，你真会糟蹋人，我同密斯脱张不过是朋友呀！"

"我可没有说你们什么呀！"我愕然问。

"你还装傻哩，"她瞪了我一眼，"昨夜说些什么柳梢头不柳梢头葬送人！"

"我们委实不知道你们也在那儿。"我说老实话。

"你俩都是瞎子！不理你，你同王行远这二个坏孩子！"

过后我把这话告诉了王，她也摸不着头脑。可是此后我们两个不到农场去了，北极阁上也自绝迹。有时真闷得慌，到马路上绕几个圈子，尘埃飞扬，几乎要害沙眼，结果还是回到女宿舍的草地上坐着闲谈，从伊丽莎白女王而谈到西楼女仆王妈,觉得南京女人最可厌。

"冯,南京女人虽不可爱,但较你们这些文弱奢华的浙江人要好得多哪!"

"所谓民族英雄蒋××氏不是浙江人吗?"我反辩。

"我说的是女人呀,尤其是苏杭,一个个涂脂抹粉,曳着拂地的长衣……"

"可是你不曾见过苏州的大脚娘姨哩;还有我……"我指着自己的鼻子。

"你们宁波女人最俗气!"

"你们湖南女人是蛮子!"我们扭着相打起来,锐声叫喊。周美玉小姐听见了声音,忙跑下来问究竟,不料高跟鞋踏住旗袍下摆,摔了一跤,膝盖上的真丝袜破了一个大洞,因此迁怒到我们:

"快熄灯了还不来睡吗?"

"你又不是女舍监!"王反唇相讥。

"我们现在是大学生,没人管了呀! 在家里还怕妈妈,在校里可由我胡闹。"我也在帮腔。

说起了家,王就高声唱起 Home, Sweet Home① 来,她的音乐天才原是全校皆知的,这次在夜色如水、繁星满天的时候有所触而歌,当然更较在

————————

① 英文:家,甜蜜的家。

教师钢琴等前测验时好得多，当她唱到"I gazed on the moon as l tread the drear wild, And feel that my mother now thinks of her child"①……一时歌声戛然而止，六目互视，相对黯然。

"我可是没有母亲的呢！"周的眼中显然带着泪痕。

"你不是有爱人吗？"王忽然笑了起来，各人的心都立刻轻快起来，尤其是周，愉快地告诉了我们许多关于他俩间的事，并说："我在他跟前半些没有隐藏的事，我爱他，也希望他爱一个真正的我。我要让他看看我的真面目！"

我不禁抬起头来对她笑道："那末你为什么要让胭脂香粉来隐藏你真正的肤色呢？"

大家来个"会心的微笑"。

谈起爱情问题来，魏总是不发一言，而且故意拿起杜诗来细阅，但其实我们知道她听得比谁都出神。平常谈论时总采用回答式，我与王满怀好奇地发问，周则根据其经验及理想，津津有味地解答。我常问她"男子向女子求婚时怎样开口呢"这类问题，因为我过去虽曾接到过两打以上的男性的求爱信，却没有一个"当面锣，对面鼓"地向我开口过，我常常幻想将来也许会有一个潇洒风流的男子来向我求婚，难道他一开口便说："你做

① 英文：当我踏着清冷的荒野，凝视月亮，仿佛感到我的母亲此刻正在思念她的儿郎。

我的老婆好不好?"抑或如信中所写般:"高贵的女王啊,让我像负伤的白兔般永远躲在你的宝座下吧!"——假如真有人当面会这样说的话,我疑心自己会从此得了反胃症。

王所问的较我更 Romantic①,她常追问这些:"接吻时女人是不是一定要闭上眼睛?""与有髭的男人接起吻来,是不是更够味儿?"……那时刚做完大代数起来小便的李文仙也参加意见,说是照她的推测,将来接吻的方式定会改变,因为吻唇须防细菌传染,不合卫生。

恋爱问题讨论就必讨论理想中的配偶的条件,梅小姐一口咬定说自己抱独身主义,因为结婚会妨害她的事业。

"事业? 最大的事业也无非在远东运动会上得一些奖品吧?"王冷冷地说,"你的出路是体育教员兼交际花!"

"你呢? 当女义勇军去;再不然,入×党,拖出枪毙!"梅也替她预言。

于是预测各人结果:周美玉小姐,摩登少妇,整日陪丈夫出入交际场所,终身不持针线,不触刀砧。魏懿君则患歇斯底里,当女舍监,入天主教。李文仙应速转男身,鼻架几千度之近视镜,终日研究阿摩尼亚。而我呢,据她们意见,只配嫁潦倒文人,卧亭了间读 T. Hardy② 小说。

在这个预言说过后的寒假中,我结了婚,吾夫既非文人,亦非潦倒。次

---

① 英文:罗曼蒂克,浪漫。
② 哈代,英国小说家。

年夏我因怀孕辍学,魏亦毕业,嫁一花甲老翁做填房,长子的年龄比她还大上10年。今年暑假,周、梅毕业离校,各如所料。本学期在校者仅王、李二人;不料旬日前李文仙因用功过度,咯血而死;近视镜还只配到八百余度。今宿舍中旧客硕果仅存者唯王行远一人,天天独坐在马桶上干着"行自念也"工作。

(原载于1935年11月16《宇宙风》第5期)

元旦演剧记

在中学时代,每逢元旦,校中总要举行一次大规模同乐会的。民国十六年的元旦我在病中度过,次年 2 月,插入市立女中初中一年级下学期,不久恰逢"济南惨案"发生,那时我还只有 14 岁,满腔热血,立刻将身许国,努力从事于化装宣传,天天饰着蔡公时,鼻子上不知涂过几次红墨水,下台后常被观众指着说:"看哪,刚才扮一个犯罪的小孩子,后来被官兵捉住割鼻子的人来了。"——虽然如此,可是从此我就被认为一个有经验的演员,每年元旦演剧时总有我的份儿。

在女中,将到演剧时的第一个问题,便是筹备委员的人选:因为这个同乐会虽说是整个学生会发起的,而实际上等于级际竞赛,各级参加表演之热心程度,完全视其本级同学在筹委会中所占席数而定,故某级会演剧的人多,学生会执行委员会就得在这级内多挑几个筹备委员出来,使她们可因此而踊跃参加。至于对待不大会演剧的几班,尽管可以不要她们筹备,让她们去噘着嘴巴生气好了。不过执行委员也不是个个为公家着想的，她们不管自己一班的表演技能如何，只想多选几个本级同学出来当当筹委，因此问题便复杂了，从 11 月半起，尽管一次召集临时会议讨论这事，结果总要争到 12 月半光景，由教员出来指定，才得解决，虽然背后还尽多咕哝着的人。过了元旦，各级际还得有许多冷嘲热讽的话儿，因之哭泣饿饭的也有，同乐会就成为同气会了。

我进中学后的第一个元旦，各级所演的各剧多选富有反抗性质，如郭沫若之《卓文君》、王独清之《杨贵妃之死》等。因为那时离"五三"不远，救国的工作虽已松懈了，革命的声浪总断续地在响，于是我也主演了一剧《娜拉》，还因了这个当时淘过些气。因为女中选演员，绝不以其个性为标准，仅视其在本级的势力而定去取，要想当一个年轻漂亮的女主角，就非全级最多数派的领袖不可。不论她能不能胜任，如果你在本级中得罪过某领袖，她的喽啰准得选你饰老太婆或叫花子，而且借学校方面不到扣分的力量，逼得你忍着泪也得登台。至于出演后的批评，也就是各派各级间互相攻击的文章，客观两字是谈不到的。

到了民国十九年元旦，革命的狂热已渐渐地消失了，校中充满着恋爱空气，就是平日同学间的通讯，称呼也要用："我天天怀念着的爱友哟！"或，"我的唯一的同学呀！"等句子，那末这次剧本的内容自非哥哥妹妹莫属了，有《复活的玫瑰》《青春的悲哀》《孔雀东南飞》《弃妇》等等，你来哭一场，我来哭一场的，把同乐会变成同哭会了。

7个月后，我的初中毕业文凭到手，转入本埠省立 X 中，因有一次在英语演讲竞赛会中背了篇"Self – Education"①，得奖后，就被 X 中剧团邀去，于民国二十年元旦演英文剧"A Fickle Widow"②，这个本是《今古奇观》中庄子休妻的故事译为英文的，而我们的英文教师又把它写成英文剧让我们来演。登台时我洋服高跟鞋，那个饰庄子的男同学也浑身西装，叫观众无论如何也猜不出那个所谓 Philosopher chwang③ 就是梦化蝴蝶的中国先哲。我这次的加入还开了 X 中男女合演之风，因为当初男女同学虽尽多在偷偷地互通情书的，但却不肯坦然登台出饰阿毛的爷及阿毛的娘，而我们演英文剧却自不同，观众只知道有几个学生在扮洋人，唱洋戏，管你什么"Darling"④或"Dearest"⑤。

当我升到高二时，"九一八"事件把青年从桃色梦中惊醒过来，发传单，游行，化装宣传……一切工作较"五三"时做得更有劲。对敌国不但要组织会来"反"，还得重重地"抗"他一下，教育厅命令各中学等都得组织义勇军，各校自成一营，那时我担任营本部秘书处处长，《现行公文程式详解》也买了一册，还替全体女同学做一篇呈文，援男女平等原则，请求改女生救护队为女义勇军，不过没有照准。——这次元旦，同乐会是"乐"不成

---

① 英文：自我教育。
② 英文：轻浮的寡妇。
③ 英文：庄贤人。
④ 英文：紧爱的。
⑤ 英文：最心爱的。

了，于是改名为"学艺表演会"，节目中没有跳舞，没有趣剧，除国术及自编爱国双簧外，剧本都取材于激昂慷慨一类故事，你来一幕噼啪枪声，我来一幕隆隆炮声，把观众半途上都轰走了，结果只得让本校师生进来撑撑场面。（X中游艺会一向原只招待外宾，本校师生不准入内。）这次他们还选我做招待主任，经我认为是"侮辱女性"后，严词拒绝了。

"一·二八"的最高度过了后，我变成冷静一派，终日埋首案头，半年中共看了28部长篇英文名著，其他短篇散文及报纸等还除去不算，这决定我次年毕业后入外文系之原因。那时初中还有许多同学在组织种种社团，终日骂学校，骂政府，骂这样那样，他们见我读书竟忘救国，于是逢到我读英文时便问："你这读的是阿克斯福敌音，还是克姆别立险音①！"还故意把 Oxford 与 Cambridge 两字读得怪声怪气，以示讥笑我之意，我也就立刻还问他："你们是'国难级'里的，还是'自强级'？"

不过这些"国难级""自强级"里的同学，到了民国二十二年元旦时，在校方检定下，也只能演些《荆轲刺秦王》《苏武牧羊》等历史剧，因为当局把"敌"的帽子已从外面移到内来，学生更该被注意，会考的名目定了出来，学生会改为学生自治会，一切出版演剧等均须获得校方同意。故高中各级对于趣剧既不屑演，爱情剧又不愿演，爱国剧则不敢演，遂大都加入英文剧及京剧，我们当然也不能例外，就选定了一出莎士比亚的《舌战姻缘》

---

① 即 Oxford. Combridge. 英文"牛津""剑桥"的音译。

剧,出演时各男角均穿特制的中古武士装,腰悬长剑,在灯光下颇灿烂夺目。此外还加入一个京剧,那个饰伍子胥的当唱到"一事无成两鬓斑……"等句时,声泪交下,不胜悲愤之慨,及唱至"我与奸臣不两立……"时,则又目眦欲裂。可是悲愤尽管由你悲愤,也只得借古人的话来泄泄气而已,要是自己来表示一些的话,不当共产党捉将官里去是你运气,斥退还是小事。

现在,我离开 X 中已有两年,别后第一年元旦听说他们索性不举行游艺会,因为同学们都预备科学救国,没有心情来干这关于艺术的玩意儿,而且在严厉检定下也没有什么好演的,但去年我重返故乡,以来宾资格往观时,一班同学们又在"元旦同乐会"五字下热烈地表演着《露露小姐》等爱情戏,知道一个圈子已绕转了,不知这次元旦他们又演些什么?

(原载于 1936 年 1 月 1 日《宇宙风》第 8 期)

小 天 使

一个初中时代的女友突然写了封信给我，说是她在六个月前随夫到了南京，最近因镇海家中有事，决定带了她的"小天使"回去一趟，拟于明日上午 8 时乘京沪特快车动身，抵沪后拟在我家宿一夜，以便与我畅谈一切云云；末了还加上一个附启，说是最好请我于该日下午 2 时半左右至北站相候。这"小天使"三字使我起了无限好奇之意，张继杰也有了小天使吗？七年前在民众大会演说台上高喊"奋斗"时的情景宛然在目，后来听说她曾因反对父母代订的婚姻而出走，经过不少波折，终于达到目的，与徐鸣秋同居于杭州。"她的小天使一定养育得很可爱"，我想起自己的小女儿薇薇还丢在奶妈的手中，自己却住在上海逍遥时，不禁起了愧见她们之意，这夜我做了许多梦，梦见她抱着秀兰·邓波儿似的孩子望着我家薇薇胸前挂着的《大悲咒》袋子发笑。

次日我匆匆吃完午饭，略一梳洗，便披上大衣到火车站去。贤笑我一定会失望,他的意见是:"小天使虽是乐园中(富贵人家)的点缀品,但同时也是普通人家的累赘物,可爱敌不过可厌。"但我不以为然。于是分道扬镳,他出去干他的公务,我自向北站走去。

等了半时光景,车始到站,于是旅客纷纷出来,我站在收票处尽瞧,再也不见她母子俩。看看快到 3 时半了,出来的人更加稀少,忙去买了张月台票走进里面去,好容易在一节三等车上发现了她,一手抱着一个紫红缎袍的孩子,一手提着两块屎布。

"啊,你等得我好苦!"我趋前大喊,又恨又喜。但她的态度却是坦然,告诉我:"车到时极拥挤,得让人家先走;待要下来时孩子却拉屎了,这可不能不让他拉干净,塞在肚里怎么办? 他在车上吃了不少东西,拉倒干净。拉完屎就得替他揩屁股,总不能沾着屎就到你家来。有孩子的人可不比从前做学生时代,车到了提起小网篮就好走。"她唠叨说着,好像还怪着我不知人家辛苦艰难似的,总不成刚碰面就同她吵嘴,我只得笑着拦住:"算了,算了,总是做妹子的心太急不好,现在总该动身了。——你手里那两块宝贝东西还提着干吗?"

"亏你也是做母亲的人哩,孩子屎布必不可少,还说得出丢掉? 况且我这次带的又不多……"

"好,好,"我怕她又要滔滔讲下去,"但你这样提着总不成话儿,我们找张纸包起来吧。"一面说一面在邻座拾起张报纸来铺在椅上,叫她快把屎布放在上面。

"字纸怎么好包屎布?"她又出了花样。

"有罪我一人来当!"我不禁发起脾气来。这才喊了个工役来提皮箱及小网篮,还有许多罐儿盒儿之类,她抱着孩子,我夹着一包屎布,一同出了车站。

到了房中坐定,我们预备来叙一下旧,七年不见了,要讲的话多着呢,于是我开口:"听说你与徐先生结合煞费周折,现在目的居然达到,而且又有了这个小天使,很幸福吧?"

"唔,唔。"她且不回答我,自己脱去了高跟鞋,在小网篮中扯出一双皮拖鞋来套上,顺手递给孩子一包东西;那孩子早已爬到我床上,把我的那个白印度绸枕头抱在怀中当洋团团,见了那包东西,便立刻把枕头丢下,将那只沾着鼻涕的小手伸进袋去,摸出许多柠檬糖放在白毯子上,我不禁皱了一下眉头,但杰却毫不在意,拿手帕给他揩了一下鼻涕,接下去说:"你刚才说的我却以为也不见得——啊,保儿,你怎么把糖坐到屁股下去了。"她一面说一面替他把坐在屁股下的糖摸了出来,塞到他嘴里,"其实男人总是差不多,什么恋爱不恋爱,只是处女时代的傻想头罢了;有了孩子,哪个还有这闲工夫来讲爱情?我很后悔那时太伤了母亲的心,世间上只有……"说到这里,只听得嘶的一声,保儿已把我那张用画钉钉在壁上的考尔白画片拿下来撕成两片;"啊呀!"杰忙把他搂在怀中,摸摸他的手,"快不要弄这个画钉,刺痛了手可不是玩的。——你也真孩子气,这种女明星画片也爱拿来钉在壁上;现在被他撕坏了怎么办呢?"

"不要紧,我也并不怎样喜欢它,撕了就算了。"我勉强笑了笑,"我也有了个女孩子,你可知道?"

"知道的,就是你那个在金陵女大的表姊告诉我的。——就是你这里的地名也是她说给我听的。"

"妈,蕉……蕉……"孩子忽然发现了我早晨放在书架上的香蕉。

"给他吃吗?"我问。

"不给他怎么行?"于是我拿了一只给他,一只给杰,自己也拿一只。但那孩子吵着不够,杰把她的一只也剥了皮递给他,对我笑了笑:"孩子总是好吃的,他断了奶后天天要吃上不少零食,肚子痛了他爸爸却怪我不好,我们俩常因此吵架。倒是你们还在吃奶的孩子好弄,你的小宝贝多大了?"

"快周岁了。"

"我们保儿已 1 岁零 8 个月;刚好相配,我们两家对了亲吧。"

"你在说些什么?"我不禁愕然了,"你自己不是曾因反对旧婚姻而出走的吗?"

"这个我早已对你说过,实在一些没有意思!试看你们是父母之命结合的,现在夫妇间感情也不见得不如我们。秋同我虽是自由结合,可是自从生下保儿后,两人就常闹意见,譬如说:保儿撕坏他的一张图画,那值得什么呢?再画一张不就完了吗?但他却爱面红赤筋地同我闹;难道一个儿子还抵不上一张画?就是说孩子不好,又不是我故意叫他这样做的,这几岁的人知道些什么呢？还有……"

"你看保儿在做什么？"我打断她的话。她忙回头看时，只看孩子在掀自己袍子，忙把他抱过来道："他要撒尿了，快拿痰盂给我。"我如言把痰盂递了过去，尚未摆定，尿已喷至我的腕上，等我把痰盂的位置放妥时，水淋淋的一大泡尿大都撒在地板上了。于是洗手、抹地板地忙了一阵。

"他虽然还只一周岁多，尿是从来不撒在裤上的；有许多孩子到了六七岁，夜里还要把尿屎撒在床上哩。"杰很得意地告诉我。

我正待接口赞他几句时，贤回来了，于是大家客套几句；孩子见房中又多了一个生人，吵着要出去，于是杰独自抱着他到北四川路看电车汽车去了。贤见我的床上纵横都是香蕉皮及碎纸等物，枕头已被丢在地上了，不禁望着我一笑："如何？小天使把你的床弄得这样了。我想今夜就让她们母子俩睡在这张床上罢，明天把枕套被毯都拿出去洗一洗。你就睡在我的床上，我到虹口大旅社去开房间去了。"

"你到外面去宿恐累她不安，我想我们就胡乱住他一夜吧，再不然我睡地铺亦可。"大家正在计议时，晚饭送来了，我忙叫他再端回去，点了几碗菜，加一客饭，做好了一齐送来。不料包饭尚未送到，杰抱着保儿先回来了，说是他起先见了来往不绝的汽车很快活，后来不知怎样又睡着了。于是我忙给她们理了床，让保儿先睡。吃了饭，大家闲谈一会，声音很低，保儿不时转身，三番四次把我的话头打断。夜里，那孩子不时哭醒，一会儿撒尿，一会儿喝牛奶，电灯全夜未灭，我与贤睡在一床，翻来覆去都睡不着;我很奇怪旧诗中的美人怎么这样不爱独宿,在我的经验,觉得一个人伸脚伸手地躺在床上,较两人裹在一条被裹连放屁都要顾忌的总要舒服得多了。这夜直到五更光景我始蒙眬入睡,但外面一些声音都听得见,我似乎听见保儿在天将明时还撒过尿。

到了6时半,保儿的哭声又把我惊醒,贤也转了一个身,没有开口;我知道他昨夜确也没有睡得好,而今天9时后又有事要做,心中十分焦急。于是忙一骨碌翻身下来,杰已在替保儿穿衣,一面在他嘴里不知塞些什么东西,不哭了;我披上了衣服,忙喊二房东家娘姨去开面水,说毕回房时,一脚踏在一摊湿东西上,仔细看时,天哪,床下都是屎,想是昨夜保儿撒的,杰也看见了,忙解释此乃她自己把痰盂的位置放得不好,并非保儿之过;说着,问我要了几张草纸,自己把地板拭净。洗了面,我告诉她牛奶须在8时左右可送到,她若肚子饿了,我们可到附近面馆去吃些虾仁面;她也同意了,于是我们赶快离了房中,让贤得安睡片刻。在面馆里,保儿又打碎了一只大碗,由我赔偿一角大洋了事。吃完面还只7时15分,我想贤恐怕还未起来,故提议到昆山花园去玩玩,杰欣然同意。途中保儿似乎十分快活,我觉得他比昨夜美了许多。

到了园内,游人已不少,有中国保姆领着的白种小孩,有日本女人一面看着孩子们在土堆上玩得高兴,一面却自很快地织着绒线衫,也有在亭子里独自看书的日本男子。这许多孩子中我最爱一个印度婴孩,大概还只4个月光景,黑黑的小脸儿,大而有光的眼睛,抱在一个奶妈怀里,我不禁前去拉拉他的小手。"这种亡国奴理他则甚？"杰很不以我为然，自己却找了一个金发女孩玩，但那孩子似乎不大理会她；忽然，保儿把那女孩的头发扯了一把，啪的一声，保儿脸上早着了一掌，大哭起来；杰也动了怒，骂她不该动手打人，那保姆忙来劝住："算了吧，这女孩就是住在花园旁边红洋房里的，她爹是外国人，胖得像猪一般，凶得紧，一不高兴就提起脚来踢人……"这时园内的人多围拢来瞧热闹，我觉得很有些不好意思，杰也站身不住，就抱起保儿一面骂了出去，在路上还愤愤地说外国小孩都是野蛮种，大来怕不要做强盗婆。

回到家中，贤已自出去；保儿仍是吃零食，撒尿，吵到外面去地闹上大半天，好容易挨到下午3时半光景，就雇了两辆黄包车送她们下轮船去；上了新宁绍，杰就喊茶房说要定一间独人住的房舱。"今天客人很多，没有独人住的房间；你要是不高兴同人家在一起，趁大菜间去好了。"那茶房半讥笑地答。

"我们偏不住大菜间，要一间空的房舱。"杰气得涨红了面孔。我深恐那茶房再讲出不中听的话来，忙上前解释："因为我们有孩子，恐怕夜里吵起来累得别个客人睡不着，故希望最好能自占一间；既是今天不得空，那就随便请你们安排一间较空的便了。"

于是，茶房把我们引进37号房间，已有一个摩登少妇先在，鬓边缀着朵软纱制的小花。"妈，花……花……"保儿一伸手就去扯她的头发，急得她躲避不迭。杰也不向她道歉，只问她是不是一向住在上海的，这次到宁波去还是到镇海去……最后,请求她可不可把这朵花取下来让保儿玩一会。我从旁瞥见那妇人很有些为难的样子,于是忙拦住道:"这舱里闷得慌,我们到船边去走走吧;孩子也是喜欢瞧热闹的。"那保儿听见到外面去,也就不要花了;我们三人在一张统舱的空铺上坐下,瞧着外面码头上来来往往的人们;卖水果糖饼的小贩不断地在我们身旁挤过,当然保儿又买了不少吃的。

"啊,我托你一件事,"杰忽然想到了什么对我说,"秋叫我到上海后就写封信给他,好让他放心,我尽管忙着保儿也忘记了,今晚你回去替我代写一封吧。"

"这个容易……"我下面还有许多想说,可是不知如何开口好;我觉得我须尽朋友的责任对杰下个忠告,告诉她不能如此来养儿童:一个女人把她全部青年时代的精力用在孩子身上,而结果只有把孩子弄得更坏,真是太无聊了。可是仔细一想,像自己这样弃了孩子不顾,表面上过着有闲生活,而内心却无时不在彷徨矛盾之中的,还不是比她更无聊吗?我自己该走的道路尚未决定,而她却死心塌地地把灵魂都寄托在孩子身上,正如我家朱妈一般,在"上帝保佑我们"之中消去了一切烦恼,她们能在小天使的鼻涕尿屎里及似通非通的汉译赞美诗中找到无上的快慰,这真使我羡慕而无法仿效;我还对她说这是不对的吗?还是索性不说呢?——正踌躇间,忽听得一个统舱茶房嚷起来道:"怎么?你们的孩子撒了尿,把我放在这铺下的什物都弄湿了!"我低头看时,真的蒲包纸包上都湿了大半,地上也有水，但杰却在否认："我家孩子从来不会乱撒尿，也许是别的水吧？"可是那茶房却也不甘认错，就扯起保儿的紫红袍子让她自己瞧个明白："你看，裤上不是也湿了吗？"我情知这是事实，只得对茶房表示歉意："孩子的事真没办法！——你这包里的东西还不要紧吗？最好解开看一下……"那茶房咕哝着去了，杰还在独自分辩说保儿在南京时从来没有乱撒过尿，我觉得听着怪不舒服的，就立起身来告辞。

"开船不是还早吗？——我预备在镇海住上几月再回南京，那时当再来看你们。保儿那时也许会跑了，再不必老叫人抱得臂酸。你的女儿几时断奶？我希望下次能看见这个小天使。"

"小天使！"我不禁轻轻嘘了一口气，独自离开码头。

（原载于 1936 年 3 月 1 日《宇宙风》第 12 期）

桎　梏

　　今天下午我的表兄到我家来访我们，他的面容显然老了10年似的，身上披了件灰布罩袍，更显得他的苍老、颓唐。记得三月前他刚拿到国立Ｘ大学外国文学系毕业证书过沪返甬时，终日有说有笑，双脚不住地划着交际舞步伐，口中哼着不成调的英文歌，怪高兴的，虽然口中也常嚷着："要失业了！毕业就是失业！"可是他究竟不曾有过失业经验，耳闻目睹总不如身历其境，凭着自己优良的学业成绩，他总希望这次能够幸免。春假前接到他请托信的亲友们都答应他暑假将届时替他向各人自己所熟识的中学里去设法看看，现在暑假不是已经到了吗？于是他每天忙着去拜访探询消息，一会儿穿西装一会儿换中装的忙得透不过气来——衣服也是迎合人家心理之一，譬如他去拜访在洋行里做事的年轻表舅就得穿西装，过后要到某叔公家去了就得换一件白纺绸长衫。——回到自己寓所后，有时连洗一个浴也来不及，只匆匆把脸上汗珠一揩，忙着写寄到外埠去的请托信,信的内容下半截当然是"务祈鼎力玉成……感且无已"这类话,上面几段则除问候外尚须揣摩各人所好而发言:如收信人是个道学先生,我表兄就得说上一大篇晚近人心不古,及他自己不敢效尤的话;若是收信人是个党政人员,信中就得多应用些埋头苦干等新生活运动标语;但据我表兄说最苦的要算写信给爱做旧诗的祖辈老先生了,自己四年来因天天同济慈、雪莱做伴,把《增广诗韵全璧》早已丢到不知什么地方去了,现在又要平平仄仄起来,李杜元白,真不知该从何学起?直到一个暑假又过去了,他的就业眼见得已完全绝望,于是在9月1日各校开学那天的晚上,他来邀我们出去,一连跑上四五个咖啡馆,冰牛奶喝了又来一客柠檬冰淇淋,吃得我肚子痛起来了,再三告饶,方才同到外滩公园去乘一回凉,一路上他半疯狂地笑着哼着,十分痛苦样子,我们也只好呆望着他,爱莫能助。最后我们先行回家,他还独自上了一次跳舞场。

不料过了四天,他又跑到我家来,一进门便告诉我们说××职业介绍所昨天有信约他到××中学去面谈,结果似颇有希望,因此他快活得什么似的,恨不得逢人便告诉,出了××中学的大门,就立刻跳上黄包车到我家来了。"这一些路,我给了那黄包车夫两角钱哩,这车夫今天也运气。"他又笑着告诉我。

次日晚饭后,他又来告诉我们,那位置已确定了,就在昨天接洽的那个××中学,每周24小时,月薪30元。"虽然报酬薄些,名义上究竟是一个中学教员哪;许多大学生出来连小学教员都没处找呢。"他自己宽慰自己似的说了,但态度已没有昨天那么高兴。在临别的时候,他还告诉我们,那校里已开课三天了,他明日早上就得搬进教职员宿舍去住,他们还和他约定聘书在明天面交。"从此我要开始新生活了,"表兄的面上充满了希望,"星期日暇时再来详细告诉你们经过情形吧。"

可是一月过去了,他还没有来过,连信也未寄一封。我倒很想去看看他,可是恐怕女客去见不大方便;也曾打过两次电话,不是说他不在家便是说他在上课,一次也没有接着,而且自己家中也有事,就搁下了。

今天我们见他自己来了,不禁大喜过望,抢着问他校中情况。但他回答的音调始终是很沉郁的,态度也懒洋洋地有些怕提起的样子。据他说,他们这个学校是私人营业性的,学生倒很发达,小学部春秋各六班,还增收几个幼稚生,约有七八百人;中学部只办初中,春秋共六班,也有三四百人光景。他所教的是春三秋一的英文,秋二的国文及本国史,秋三的西洋史;每星期足足要上 24 小时课,还得出席纪念周及各种校务会议。"那校长的条件很苛刻哩。"他把眉头皱了一下,"每个教职员在早晨 8 时前必须到校(宿舍在校外)签到,12 时签退;下午 1 时前签到,4 时半签退。就是没有课也得坐在办公室内替训育处帮忙。若迟到或早退三次,就得扣薪一天。其他如教职员请假也得由训育处核准,并须请好代课,而薪水也得照扣。真倒霉,一天坐上八小时半!那办公室真不像样哩,冬天没有火炉,夏天没有风扇,十余人合坐在这么小小鸡笼似的一间房子内,臭汗秽气也熏死了!一下雨,地上就被漏水积成了小沟,脚都没处放。"

"那你何必一定要在签到簿上说实话呢?"我替他想了一个办法,"校长总不成整天坐在门房里的。3时离校,只说4时半好了。"

"但是校长扣薪并不是根据那本簿子的,那门房每天要把你真实到离的时刻报上去呢!假如你开罪了那个门房,8时到校准会被他报说8时10分。啊,那面的门房,真够人受,简直是管理教员的训育主任!"他越说越气愤起来了,"偏那般奴才教员真会鬼讨好,规定8时到校,他偏会7时15分就跑了来呆坐讨校长好儿,到了下午5时多还不回去。我是每天按时进退的,但签到处我的名儿总在末尾,签离时却是第一,那校长在发薪时冷着脸讥笑我是新生活运动的信徒,牺牲精神却是没有的。哼,牺牲?我们被压迫被榨取到这样,他们还嫌牺牲不够哩!我这次到校上课时他们已上了五天课了,因此就被扣了5元;此外因开学时一星期没穿这件灰布校服,又扣了3元,此外又为了五次迟到,足足又扣了2元。第一月薪金就只实拿到20块大洋。付了9元膳费,还跟着那般鬼讨好的赏了门房2元钱。——其实,这与其说是赏给他,还不如说是欠他的一般。因为那门房是校长的亲戚,每月正薪工只4元钱,全凭他那副在校长跟前拨弄是非的本领,弄得每个教员都怕了他,买他欢心,每月赏他些香烟钱,起初本是4角的,现在至少须两元了,有许多爱摆阔的还给他5元呢。那双狗眼,见了两块钱说声谢谢还是勉强的。"

我听了这些心中也着实替他委屈,也只好勉强安慰几句:"你又何必同这等人计较呢?就每天早些进去迟些出来也罢了,自己拿本书去,没有课时,便在办公室内看看也罢了。好在下学期有了好的位置就不必再到那面去。"

"自己看书罢?那才不行呢!一则校长同教务主任两个常常跑到我们办公室来侦伺,见你在自己看书,便要问上两声今天卷子都改出了吗?若告诉他已经把应做的事都做完了,他便再三嘱你须改得仔细些,有时还要请你以私人的友谊替他帮忙办件什么事。二则,就是校长不来也得敷衍敷衍同在一室中的同事,他们一会儿喊你到窗口去望操场中女体育教员高耸的乳峰,一会儿问你这双皮鞋几元钱,能让你一个人静静看书吗?有时连卷子都改不及,国文课每星期一篇作文,还有习字、笔记、日记等,英文隔日要做练习,眼看着五六十本一堆堆簿子拿进来时,我的头就痛得发胀!那些狗屁不通的、字迹潦草的东西!"他一面说,一面恨恨地敲着我家桌子;接着又告诉了我们许多关于授课方面的困难,如教室中光线太坏哩,学生人数太多哩,程度相差太远哩……使我们听得心中都觉得十分沉重,默然说不出话来。

过了许久,才由我首先打破这静寂的空气:"早知如此,你不去也就罢了。"

"知是早知的,不过,"他慢吞吞地答,"那时我急于就业,条件苛刻些也就承认下来了。这些在聘书附件上都是载明的。"他一面说,一面从衬衫袋里摸出那张聘书来。薪金是五个月计算的,其他也同别校差不多。但另外两张附件却是厉害了,一张是应聘须知,内容共有16条,如不准吸烟，不准迟到早退，不准不穿校服不佩校徽（校服和校徽都须在本校事务处购买）等等，而违反各项规约的处罚就是：①警告；②扣薪；③解聘。据说校长最喜欢而且严厉执行的便是那第二项。还有一张纸上印着宿舍规则，如10时熄灯哩，每人应备白被单两条哩……其他还有一条使我看了莫名其妙的，便是每人所用面盆其直径不得超过11英寸。"这个同学校又有什么关系呢？"我诧异地问。

我表兄也不禁笑了起来忙给我解释："因为这样可以省些水费啊！"

"那末，"我也恍然大悟，"你们的校长还欠想得周到，因为面盆面积小深度还是自由，你们教职员中若有促狭的尽可自去定制几只圆柱体的高面盆，依我说还不如规定体积若干毫升为佳。还有，每人每天只可用几盆也要限好，否则体积虽小，只要多用几盆不又完了吗？——这种地方你还是不要去了罢？"

"不要去怎么成呢？"他不胜忧郁地说，"我已上桎梏，自己再没有力量把它脱下。我的签名盖章过的应聘书在他们手中呢？"

"应聘书上说些什么？"

"其余也同普通应聘书一般，说所订服务规约已逐条阅悉，一切自当遵照施行，并绝对负责，决不弛废，致误青年学业，合具应聘书存照云云。但后面的那个附件却讨厌了：说是若犯本校所订规约，得照所定处罚施行，绝对不能异议，及中途辞职等事，否则须由教员赔偿学校损失150元（即该教员本学期全部薪金数）。你想我在毕业这学期所费请客做衣服等费已不少,毕业后又东奔西走的费了不少船车费及一切应酬用费,现在身无半文,全靠这区区 30 元一月来维持生活,哪里还拿得出 150 元钱?况且,半途走出被人家说来也不好听!你瞧这个……"他把应聘书草稿递了给我自觉绝望地不得不忍受下去,"这桎梏!……被压迫被榨取者自愿受拘的桎梏!……自愿的……"

"自愿又有什么希奇呢?经济的力量不是能使许多女人不待强奸而自动脱下裤子来吗?"我也随着苦笑了一下,忽然想到了一件东西,就从抽屉内翻出一张折着的红纸来:"你瞧,那不是另一人的桎梏,一样地经她自愿的画过花押。"

那是我的小女儿薇薇的奶妈在九个月前写给我们的哺乳据,根据这张契约,她须失去 18 个月的自由,绝对不能回家一行,但我们却可任意辞歇她的。在去年,她的爸爸患伤寒,她不能去;今春她的儿子给人家养死了,她仍不能去;在这张契约有效期未满之前,就是她家里的人都死光了,房子烧掉了,她还是不能去的!为了 8 元钱一月的代价,她把自己儿子应享的权利拿来喂我的女儿,现在我的女儿已喂得又白又胖,但她自己的儿子却死去了,弥月时别开后到死尚未与她见面过!当那个恶消息传来后,她强自咽着的泪,同霎时苍白了的脸,予我以绝大的难过,那时我很想替她毁去了这桎梏,而且我是有这个权力的,但是我的小女儿呢?一个人就是这样了为了自己的利益而压迫、榨取别人的。

表兄拿着哺乳据读时,左手在微微发抖,他的面容是惨淡的,若有无限感慨似的,渐渐地把那张红纸平铺在桌上,我心中也极纷乱难过,把他的那张应聘书草稿放在他面前,两人都觉得心上受着重压似的,说不出话来,桌上只有这两个桎梏,在它们冷酷的字句上发出胜利的狞笑。

（原载于 1936 年 6 月 5 日《逸经》第 7 期）

搬　家

我初到上海的时候,因住不起洋房公寓,只得在北四川路附近某里内拣了一间前楼住下;二房东是广东人,极爱清洁,我们这个房间虽然窄些,但全新白漆,却也雅致,好在我们也没有带什么庞大物件,室中除两张钢丝床,一张写字台,两把单背椅外,仅几架旧书架而已,皮箱是藏在床下的。我丈夫晚上在一个大学内读书,日间兼了两个中学的课,跑来跑去,很少住在家中;但我在上海却是举目无亲,除了偶然到四马路各书店去翻翻杂志画报外,平日总是足不出户,看书在这里,踱步在这里,坐卧都在这里,因此这小房间与我熟识之程度,远在它与二房东之上;我知道壁上的每个小黑点,这些都是我在无聊时数过又数的。可是过了半月后,我觉得不需要再去做这种傻事了,因为我已想出了一种很有趣的消遣办法,便是做独角戏:最初我在旧书架上抽出了一本 The Best One-Act Plays①,第一篇就是 Lady Gregory 的 *The Rising of The Moon*②,于是我把全文看了一遍后,就用几种声音代表几个人物,自己同自己对话,讲了后又自己来做导演及剧评家,再三揣摩每句的语气。这样又过了一月有余,直到我背熟了五六本剧本时,忽然患起重伤风来,每当独卧在床上,听见楼下及隔壁打着叽叽呱呱广东话在纵谈狂笑时,我心中不禁起了游子思乡之感,觉得置身于陌生的异乡人中,真是万分凄凉;后来索性每闻楼梯上有木屐声时,就紧紧地把被蒙住了头。

经过了这次事情以后,我们便搬到附近的另一弄内去,那面住客,差不多有十之六七是宁波人,日间你只要静静听着,来往小贩都在高喊:"买宁波萝卜哦!"或"宁波牡蛎!"等等声音,四周"阿拉"之声不绝,因此我大喜过望,独角戏也不演了。

可是住不到一星期光景,麻烦却又来了:原来这里的二房东是一个孤老太婆,与她同住着的有她的婆婆,干女儿女婿,及许多干外孙外孙女等;我初来时,她们大人见了我都打个简单招呼,孩子们只斜眼偷看着,继又互相私语;可是不到几天,因我一时高兴在他们队伍中参加了一次毽子比赛后,就同他们厮熟了,大家见了我争喊"楼上阿姨",我也乐于同他们周

---

① 英文:独幕剧。
② 英文:格利高里夫人的《月亮升起》。

旋。后来,他们索性成群结队地跑到我房中来,央我教唱歌、跳舞,我也都答应了,并且分了些饼干糖果给他们吃,大家嘻嘻哈哈地玩笑一阵。从此他们就成了我们房中的常客。有时我关了门想写些信或看看书时,他们总是在房门口把门敲得震天响,我只得把信纸收起再同他们玩。半月之中,我一些事情也不能做;吾夫归来时,见房中什物凌乱,纸屑壳皮等遍地都是,而大群孩子们仍扯着我叫我再玩再唱,他虽没有说什么,但我知道他心里定很讨厌,只因为这是我整日在家唯一的消遣办法,故也隐忍着不说了。同时我的心中也很为难,眼看着这些小朋友喜欢亲近我的样子,总不成忍心拒绝他们,立刻驱逐他们出去?况且我与他们在一起又是何等的快乐!

直到有一晚他们一失手打碎了那只花瓶后,——那花瓶是一个朋友贺我们结婚的礼物——我觉不能不对他们忍心一下了,经过了不知几十遍的思忖,我只得尽委婉的能事告诉他们:我虽然极喜欢同他们玩,但我家先生是个爱清静的人,希望以后他们只要在楼下等我,我若有空时会下楼来找他们的。

"我们要到你这里来!我们要到你房间来!这里有趣。"大家杂乱地嚷着,经我再三央劝无效,但我觉得自己委实不能再使吾夫不悦了,于是次晨就诺诺地把此意告诉了他们的外婆,不料她立刻像受了什么侮辱似地铁青着脸回答我:"好,好,以后讨饭也不叫他们讨到你们房门口来。本来也是你自己高兴叫他们上去玩,给他们糖果吃的,我做外婆的是穷自己穷，决不会教外孙向人家讨断命东西塞喉咙……"我听她越说越气愤，也就不再声明自己并没有叫他们而是他们自己要上来的，只勉强笑了笑，飞步上楼，只听得那外婆还在唠叨："我们自己做二房东，有客堂，有天井，哪里不好玩，要到你那里来螺蛳壳里做道场；有钱的独家去住一座洋房，那才希奇……"因没人答话，她渐渐觉得没有劲，声音低下去了。

"外婆，我要买五香豆腐干。"阿四从外面嚷了进来。

"又要什么？一天三顿牢饭还塞不饱？人家的饼干是要留着自己塞的，以后再不许讨饭似地去讨！"那外婆有了对象，骂兴又发起来，"六七岁的人了还一些不知好歹，整天放着自己的财门不站偏要去站人家的龟门，你也想同她轧姘头吗？青天白日关了牢门两人在里面不要人家进去，正头夫妻哪有这等不识羞的。像我从前你们外公在时，连正眼也……阿四，你又想冲魂到哪里去？以后再敢到楼上去，立刻捶断你的狗脚！"

"不要到楼上阿姨家去吗？我要！"阿四的声音。

"她是你哪门子阿姨，要你喊得这样亲切？人家要同姘头两个静静的××，用不着你们这般小鬼去××！……"她的话越说越猥亵了，我心中又气又恼，不高兴再听下去，只自己扯了一本小说来看。

自从那天开罪了她以后，她们婆媳母女见了我就回过头装作不见，还吩咐她们的女仆不准再替我做事；原来我们住在那面饭是在一家小食馆里包的，此外还同她家女仆约定，以每月2元的代价，得每天替我们倒马桶，泡开水，及把邮差送来的信，分报者分来的报纸送上楼来；这约定起初原是二房东同意的,因为她们同时也同女仆说定从此以后每月少给 1 元工钱。可是现在她们为了要和我作对,故情愿自己多拿出 1 元,这可使我十分为难。此外如把我们的信故意乱丢或弄湿哩,或因她们女婿或孩子们同我打个招呼而引起争吵哩⋯⋯使我再也住不下去,于是就在一月期满的前 10 天(阴历十一月十八)那天,我假造了一个原因客客气气地同她们说要搬家。

铁青色的面孔较前更凶了一些:"12 月到了还好搬家? 你们也是读书明理的,上海规矩从来不可以在 12 月及正月搬家,你们不要住须付三个月空房钱。"

"什么?"我听了她一派强硬的口气不禁也动起气来,"我进来的时候你又不曾给我看过什么章程,说什么 12 月正月不好搬家的话! 况且现在又不是 12 月。我一不欠你们房钱⋯⋯"

"上海的规矩都是这样,你们是 11 月 28 日满期,还不是就到 12 月了吗? 无论如何⋯⋯"她的眼光更凶了。

"无论如何我们要搬!"我气冲冲地直跑上楼。

于是仍演她的拿手好戏,独自跑到神龛前骂一阵什么:"还说是读书人呢,我看他们书读到屁股眼里去了。""今年运气不好,人不上门鬼上门。——以前亭子间住的那个骚货也不是好东西,上楼下楼把电灯都不随手关一下。好! 滚你们的! 老娘预备出空房钱,谁希罕你们这批臭房客。动不动还怪人家做二房东的不好,搬,看你们有福气住洋房去!"骂了一阵，自进去了。

第二天，召租贴了出来，我们也赶紧去找房子，大家避道而行，这样仇人似的又过了几天。

这次我们已是惊弓之鸟，东看一处，怕房东吸鸦片，西找一家，又恐房东太太爱骂人，直到26日那天，挨不过了，只得决定答应他的一个朋友的邀约，到他家厢房楼上去暂住几时，且待过了年再说。那天上午，把东西整理一下，吃过午饭，便去喊了两辆黄包车，把皮箱背包先载过去。

"你们今天搬家吗？"当我第二次把背包拿下时，三个流氓样的男子突然拦住后门问。我不禁吃了一惊，只得硬着头皮答："是的。你问我则甚？"

"二房东说过不可以搬！"一个麻皮像要对我动武似的。

"我们又不欠房钱，二房东有什么权力可以干涉我搬家？况且，你是他家什么人，替他们来说话？"我外强中干地说了，一面忙喊车夫："来拿去！"可是两个车夫木鸡似地站在外面不敢动。

"今天无论如何不能搬！12月还可搬家吗？你无论碰到哪个二房东都不会答应你的！"戴鸭舌帽满脸横肉的那个也开口了。

"二房东若是不答应怎么会把招租贴出呢？"我指着门口的那张招租质问他。这时，他在楼上听见争论声也下来了，见是流氓，就匆匆出外报告一个岗警。那警察见了流氓十二分小心地央求他们："这位先生因有要紧事情必须搬家，老兄们不要为难罢。况且，人家确有迁移自由……"

"自由?"二房东也出来了,"你死了你老婆偷人有自由,搬屋也有自由吗?"

那岗警也气起来回骂:"我老婆倒不会偷人,你自己才养孤老哩!"

二房东听了这话,立刻虎吼一声,直扑岗警,面红赤筋地怒嚷:"你说我养孤老,拿出证据来!捉奸捉双!我50多岁的人了还养孤老?偷你的祖宗?"那岗警看看不是路,忙独自喃喃骂着溜去了,她又对着我们:"去喊,你们再去喊几个警察来,老娘就是见了蒋介石也不怕!"

那麻皮流氓又在旁助威,拍着胸脯道:"哪个有狗胆敢搬同我李××讲话,世上哪有这种情理,要搬拿出四个月空房钱来!"

那时黄包车夫也拉了车子另去找主顾去了,我们看看一时没有办法,只得说了句"等一会再同你们理论",仍自把背包拿上楼去,计划着只好去找他的朋友徐君,因为徐有个哥哥在捕房做事,于是锁了房门,匆匆出去,还听得他们在笑着:"看他们讨出来什么救兵,有势力的也不会到这里来住……"

到了徐家,那朋友刚陪着他夫人出去买物去了,问女仆何时回来也不知道,只得留下一张名片退了出来,再去找他的堂姑丈,那姑丈竭力劝我们不要争意气就拿出几块钱了事吧,就是报告了捕房,也防将来被这两个流氓暗算。我们心虽不甘,但也没法只得退了出来,亦没有坐车,一步懒一步地走回家去,互相计议看见了他们将怎样说法。

"哈罗,你们上哪儿去?"他的一个在海关外班做事的孙君在招呼我们。

"我们今天在搬家哩，"他也没有心绪对他细说，"搬过后再来看你。"

"我今天是轮到夜班，此刻闲着没事，就去帮你们搬吧。——既然搬家，你俩怎么还在外面走？"

这可没法了，我只得把详细情形告诉了他。他听后不禁大怒道："岂有此理，你们难道真让他们敲竹杠去吗？付三月空房钱？不会拿来买绍酒吃！这事我倒有办法。"他忽然高兴起来，"我在××舞厅认识了一个舞女，她今年还只19岁，面孔又嫩，又……"

"这个同舞女有什么关系呢？"我焦灼地打断他的话。

"哦，我不是说这舞女，因为她同××的三姨太太的兄弟也相熟，××是公共租界有势力的老头子，那两个流氓还敢怎样吗？现在我们就同到那个舞女处去一次好不好？叫她去请那个姨太太兄弟出来同流氓讲话好了。"

"但事情须费这许多周折，倘她或他不在家怎么办呢？"我丈夫有些踌躇。

"而且此刻已将5时了，"我也补充理由。

一时大家都默不作声。忽然，孙君拍了他肩膀一下，笑道："有了！有了！那舞女还对我说过那姨太太还有个弟弟在香港海关里做事，年纪同我差不多大小，我就来冒充一下吧。"

"可是，你也许会露出马脚呢。"我有些担心。

"不要紧，放心，放心。"他拉了我们跳上五路公共电车回到家里来。

到了里面，他在楼梯上高喊："请三位老兄上面来说话。"那流氓带着挑战的面色上来了。

"我是×先生叫我来的，他说大家都是自家人，老兄们有话到×府去讲好了。"孙君像煞有介事地开口了，我却怀着鬼胎。

"×先生同……?"麻皮的态度谦和了不少。

"我是他家三太太的第二兄弟，前天刚从香港回来；今天×先生来同我说起说是这里二房东女人十分无理，想老兄们同×先生还没会过，所以不知道，大家都是自家人，……我恐怕我自己也是初到上海，同老兄们还不大熟识。故立刻跑到姊姊处去请他们来说，不料她们正在叉麻雀，不得空，故叫我请老兄们同到他那面去谈吧。"

那三人听见了这话，顿时笑容满面，连称难得舅爷到这里来，又连连向我们谢罪说是起初不知道。于是由那个戴鸭舌帽的去喊一辆运货车，他们一面替我们拿物件下去，一面与孙君笑着谈论三太太长三太太短，态度十分谄媚。孙君也摆出十足的舅爷架子，说什么姊姊常叫他买小手帕哩，姊姊一天到晚爱打牌哩，……还坚邀他们三个到×府去。

"我们改日来拜访吧，遇见×先生及太太时望替我们遮盖遮盖；今天真是上了那个瘟老太婆的当。"他们很不好意思地说。

上了货车，吾夫就抽出三张钞票给他们买香烟吃，他们再三推辞不得，只好谢着收下了。

　　当车子转弯时,我们回头望见那个二房东正在后门口烧白纸,孙君大怒要跳下去骂她,我忙拦住道:"算了,算了,舅爷架子留着下次再用罢。"

(原载于 1936 年 6 月 16 日《宇宙风》第 19 期)

说　　话

　　为了爱说话,我已不知吃了多少亏哩;当我呱呱坠地的时候,我父亲就横渡太平洋,到哥伦比亚大学去"研究"他的银行学去了,母亲也自进了女子师范,把我寄养在外婆家,雇了一个瘪嘴奶妈。外婆家在离本城五六十里的一个山乡,外公在世时原也是个秀才,但在 12 年前早已到地下"修文"去了,没有儿子,只遗下我母亲及姨母两个女儿。当我出世的时候,姨母已在前一年死去,家中除外婆外,尚有一个姨婆,她是外公用 120 块钱买来生儿子的,不料进门不到一年,外公就患伤寒死去,蛋也没有下一个。乡下女人没有傻想头,只要不冻饿就好了,于是她就在 19 岁起跟外婆守节守了 12 年,好在她们有山、有田、有房子,雇了一个老妈子,生活还过得去。过继舅舅在城中学生意,因此这一进背山临水的古旧大屋内,只有外婆、姨婆、老妈子、奶妈及我五个女的,唯一的男性就是那只守门的阿花了。

　　据她们说,我在婴儿时期就不安静,一引就哭,一逗即笑,半夜三更也要人抱着走。讲话讲得很早，六七个月光景就会开口喊妈。两周岁时更会吵了，终日咿呀，到了半夜里还不肯灭灯，同奶妈并头睡在床上指着花夏布帐上的花纹喊："兰花，梅花，蝴蝶！"

断奶后，外婆常叫姨婆抱着我到隔壁四婆婆、三舅母、长长太太等处去玩，她们因我不怕生，都逗着我说笑，叫我"小鹦哥"，雪团印糕等土点心总是每天吃不了。山乡女人不知道什么叫作"优雅""娇贵"，冬天太阳底下大家围着大说大笑的，谈吐当然不雅，声音也很粗硬，我在她们处学会了高声谈笑，这使我以后因此吃了不少的亏。

到了我6岁那年，外婆替过继舅父娶了亲，从此屋中又多了一人。那位舅母表面上尚待我客气，骨子里却深恨我多吃外婆家的饭，而且也许将来我出嫁时，外婆会把她的珠环玉镯都塞给我哩，因此常在背后说我乞儿嘴，讨大人欢喜，好骗些东西，这类话姨婆也颇有所闻，都把来一五一十地传给外婆听。

有一次，姨婆抱着我上山去攀野笋，在归来的途中，我快乐极了，搂着姨婆的脖子喊："姨婆是小老妈！姨婆是贱娗子！"这句话本是舅母教给我的，我听着有趣，故记在心头，此刻为表示我的快乐与对姨婆的谢意起来，故高声哼了出来。不料姨婆陡然变了脸色，拧了我一下，骂道："看你将来福气好，去当皇后娘娘！我是生来命苦做人家小老妈。同是爷娘10个月生的，有什么贱不贱！"说着径自回到家中，把野笋向外婆脚边一丢，气愤地告诉了一遍，还说要上外公坟上哭去。外婆也生起气来，怒道："你不是小老妈,该还是他外公拿花轿抬你来的?充什么好汉!孩子家说话也有得计较的,该还要她备香烛向你磕头哩!你高兴在这里就在这里,不高兴就回老家拿山芋当饭吃去。"姨婆被骂得哭进房里去了,从此见了我就爱理不理。

舅母见她第一个计划已告成功,于是过了几天,笑容满面地拉了我过去吃炒米糖,又悄悄地教给我在外婆跟前喊:"外婆是孤老太婆,断子绝孙!"我笑着带跑带跳过去说了,外婆喝问哪个教的,我就伏在她膝上得意地笑:"宝宝自己讲的——孤老婆,断子孙!"一面说一面把粘在嘴边的炒米糖屑揩到外婆裤上去了,外婆就问炒米糖哪个给你吃的,于是舅母的教唆罪就被揭露,外婆、姨婆都骂她搅家精,乡下女人不懂礼节家教,便也和婆婆对骂起来,外婆气得索索发抖,立刻差堂房阿发舅舅去到娘家去喊自己兄弟来,一面又叫人寄信给我母亲。那时我爸爸已于前一年回国在汉口中国银行做事,母亲又养了一个弟弟,在家中与公婆同住着。

到了黄昏时候,舅公们坐着四顶轿子来了,外婆杀鸡备饭款待他们。舅母见事已闹大,早已哭着逃回娘家去了。于是四男二女商量了一会,决定要实行废继,免得外婆吃老苦。第二天,母亲也坐着划船来了,问明情由,就劝外婆多一事不如少一事,主张把我带回去,说明年预备给我上学了。但舅公们都以为这样太灭自己威风,不事舅姑,已犯七出之罪,那舅父若不愿放弃家财,就得把老婆赶出去。母亲始终力劝,那舅母娘家的人及她丈夫的生父母也着了急,纷纷来母亲及舅公跟前讲好话,央他们劝劝外婆，大人不记小人过，只命舅父回来，夫妇俩向外婆送茶磕头就算了。那天客厅中坐满了人，我就跳来跳去瞧热闹，高兴得连吃饭心思都没有了。——事情就此告一段落，我也随着母亲回家。

我家是一个大家庭，家中除祖父母外，还有许多伯姆婶娘及堂兄弟姊妹等，他们虽同居在一个大宅里，但各自分炊，各家都有仆妇奶妈。虽然屋里住了这许多人，但绝不喧哗嘈杂。大家彬彬有礼，说话轻而且缓，轻易也不出房门；每天早晚都要到祖父母处去请安。黑压压地坐满了一厅人，却是鸦雀无声，孩子们也都斯文得很。但是，自从加入了一个刚从山乡里跑出来的野孩子后，情形便不同了，弟妹们都学会了'娘的×'，哥哥姊姊也都对桃子山金柑山而心向往之。我见众人都没我见闻广，更加得意扬扬，整天大着喉咙讲外婆家那面事情给他们听，什么攀野笋哩，摸田螺哩，吃盐菜汁烤倒牛肉哩(外婆那里没处买牛肉，也舍不得把自己耕牛杀了吃，只有某家的牛病亡了时，合村始有牛肉吃)，看姨婆掘山芋哩，跟外婆拿了旱烟管坐在石凳上同长长太太谈天哩……伯姆婶娘仆妇等都掩口而笑了，我也得意地随着笑，母亲却深以为耻，责打数次，仍不知悔改，气得牙齿痛，饭也吃不下。还是祖父把我叫过去跟他们住，每天和颜悦色地讲故事给我听，这才把我说话的材料充实起来，山芋野笋及妈的×也就不大提起了。我听故事非常专心，听过一遍就能一句不遗地转讲给人家听，于是祖父很得意地捋着短须道："我说这孩子并不顽劣，都是你们不知循循善诱，她的造就将来也许还在诸兄弟姊妹之上呢！"祖父的话是有力量的,于是众人不但不笑我淘气,还都附和着赞我聪明,那时母亲的牙齿当然不会痛了,还写了封信给父亲,父亲也自欢喜。

到了8岁那年的秋天,父亲做了上海××银行的经理,交易所里又赚了些钱,于是把家眷接出来,我就转入一个弄堂小学里念书。父亲的朋友很多,差不多每晚都有应酬,母亲把我打扮得花蝴蝶似的,每晚跟着他们去吃大菜、兜风。父亲常叫我喊黄伯伯张伯伯,在客人前讲故事唱歌,"这是我家的小鹦哥呢!"父亲指着我告诉客人,客人当然随着赞美几声,母亲温和地笑了。

但是,也有一件事是使母亲最不高兴的,就是我放学回来时爱拉着女仆车夫等讲从前攀野笋摸田螺等事;"下次不准讲这些!"呵责无效。"啊,乖乖不要讲这些话,妈买樱花软糖给你吃。"哄又哄不过。这真使女子师范甲等毕业的母亲无从实行其教育理论了,"这孩子难道没福吗?"母亲在独自叹气了,因为父亲曾对她说过,预备将来给我读到大学毕业,还预备请一个家庭教师来课外教授英语会话及音乐舞蹈,将来倘有机会就可做公使夫人,现在我竟这样念念不忘山乡情事,那就只好配牧牛儿了。

而且,渐渐地这个失望滋味连父亲也尝到了,不是在爬半淞园假山时问"这里怎么没有野笋?"就是在吃血淋淋的牛排时问"这个是不是盐菜汁烤的?"当着许多客人,父母忙着支吾过去,那种窘态是可以想见的。这样地过了四五次后,父亲就失望地叮嘱母亲道:"下次不用带她到外面去了,真是丢人!以后话也不准她多讲,女子以贞静为主……"于是,花蝴蝶似的衣服就没有穿了，每晚由仆妇督促着念书写字，国文程度好了不少；父亲又买了册童话来给我看，书名是《金龟》，里面说有一个国王很爱说话惹得人人都厌他；同时御花园内有一只乌龟也很爱说话，被同伴驱逐无处容身，有两只雁见了可怜他，预备带他到别处去，于是找了一条竹棒，两雁分衔两端，叫乌龟紧咬住中点，就自在空中飞去，叮嘱他切不可开口；到了中途遇见几个小孩，见了龟好奇地喊道："看哪，两只雁带着乌龟飞呢！快把它打下来！"乌龟听了大怒，就想回骂几句，不料一张口身子就落在地上，跌得粉碎；大臣以此为谏，国王大悟，便在宫门口铸了一只金龟，以为多言之戒。——父亲买这本书给我看的目的原是希望我能效仿这个国王，不料我看了后毫无所动，而更多了一件谈话资料，讲给仆妇听了又对车夫讲，把父亲气得灰了心，从此就用消极方法禁止家中任何人同我闲谈，可是这于我没有什么影响，校中的同学多着呢！

四年后，投机失败，银行倒闭，父亲也随之病故。不久，我因在无意中撞见校长与某同学暧昧情形，不知轻重地把它宣扬出来，大遭校长之忌，恰巧自己又不小心，某晚在寝室中与同学呵痒玩耍，推翻了烛台，帐子烧了起来，照校长的意思就要把我开除，幸得各教员都因我实是无心过失，且毕业在即，法外施恩，记一次大过了事。这样就引起学潮，结果校长被逐，某同学开除，家中怒我好事，逼着我辍学回家，真所谓祸从口出了。

不过我对于说话的兴趣并不曾因此消减。有时我在书中看到一二句可喜之语，不喊一个人同来看看，总觉得心中不安似的。有时我在半夜里得了一个有趣的梦,醒来总要默默地记它几遍,预备次晨讲给人家听;有时甚至于唯恐忘了,下半夜不敢合眼。有许多话,我明知说了以后,于听的人及我自己都没有好处,可是我还是要说,说出了才得心安。这种心理,我觉得也许大多数人都是如此,不然,庄子梦化蝴蝶,尽管自去飘飘然,陶渊明在东篱下见了南山,尽管自去领略悠然的心情好了,又何必用文字说了出来呢? 李太白,Wordsworth① 他们都是爱静的了,但是也还要告诉人家自己曾在某一境界里有个某种心情,让人家得有机会领略"举杯邀明月,对影成三人"及"I wandered lonely as a cloud"等个中滋味。所以我以为各人爱说什么,爱对什么人说,爱用怎样说法,及希望说了后会发生什么结果虽各有不同,但爱说的天性是人人都有的,尤其是富于感情的女人,叫她们保守秘密,简直比什么都难。我仿佛在 Chaucei 的 Cantorbury. Tales② 里见过一个故事,说是一个妇人因她丈夫嘱咐她不要把某事说给人家听,她为了顾全丈夫的幸福起见,只得严守秘密,可是心中像郁结了似的非常不舒适,终于悄悄地跑到溪边把这事告诉了淙淙的流水。

在初中的时候,我们一群女子都正在生气勃勃地努力于生活的斗争及理想的追求,死板的教科书当然不能满足我们的欲望,于是新文艺杂志小说等就成为我们日常功课,上课时偷着看,一下课就跳上讲坛,一屁股坐

---

① 英文:英国诗人华兹华斯。以下引用其诗句:"我像一朵云孤独地飘游。"
② 英国作家乔叟的《坎特伯雷故事集》。

在桌子上，居高临下地议论书中的话，我们的意见并不一致，但是愈争执愈有味儿。我有一个脾气，就是好和人唱反调，人家在赞美爱情专一时，我偏要反对一夫一妻制："这个是最枯燥乏味的呢，"我好像有过经验似的，"假如我们天天坐在一个地方，对那一件东西，是不是会生厌呢？生活需要变化，四五十年光阴守着一个妻子或丈夫是多么的枯燥乏味啊！"于是大家纷起反对，我也就在四面夹攻中为自己辩护。但假如人家在主张结婚离婚绝对自由时，我却要提出事实问题，谓夫妇关系非得法律保障不可了。其实我并没有什么成见，只是一味地好奇立异，以显得与众不同罢了。无论什么名词，新的总是好的，赶快记熟了以便随时搬出来应用，虽曾因不写"祖父大人尊前"而写"我最亲爱的祖父呀"而被严加训斥，但这可不是新话头不好，祖父头脑原不合 20 世纪的潮流呀。

而且，我的思想变化得极快，因此前后言语也就自相矛盾；今天看了一篇冰心女士的文章就盛称母爱的伟大，明天看了一场爱情电影就主张恋爱至上，虽抛弃母亲亦所不惜，后天听人家讲了个棒打薄情郎故事就说世上一切都是空虚，最好削发为尼。

也许这是年龄的关系吧，那时说话我已知掩饰，不复如幼时般坦白，把掘山芋摸田螺等有失体面的话一五一十都肯告诉人家了。掩饰就不免有些失真，所以我那时对人家所说的事，多少有些神话化，有时甚至于完全虚构出一段美丽的故事。我不是恶意欺骗人家，只觉得自己说着好玩而已。譬如说，在夜色如水，繁星满天的时候，四五个女同学围坐在草地上，密斯王说她爱人见她哭了就拿舌头把她颊上的泪汁舔干净,密斯赵又背出一段她的姨表兄寄给她的情书中肉麻话来,大家把恋爱故事讲完了而来苦苦追问我时,我能说自己尚未尝过恋爱滋味吗?这无疑是宣布自己美貌的死刑,哪个女子肯承认自己不美?于是,好吧!你卖弄漂亮,有人爱你,向我夸耀幸福,我也编一个美丽的故事来证明自己可爱,使一个男子甘为情死,因为活着的爱人说不定三天后就会变心,呼吸停止了总是盖棺论定,完全成了我的俘虏。打定主意后,就把双眉一蹙,故意装出言之徒多伤心的样子来,起身要走;这样一来,人家还肯放你走吗?好容易拖拖扯扯的再三央求,我才黯然说道:"他已经死了。""什么时候死的?""怎样死的?""你们怎样认识?"三四个女性都显出了无限的凄怆,同情于这个虚构的英雄。于是我心中也起了莫名的悲哀,仿佛自己真是那个悲剧的主角,眼角就渐渐润湿了:"他是一个流浪者,在一个偶然的场合中我们遇见了,我至今还不知他的姓名籍贯及历史。后来他又流浪到别处去,在病倒的时候,寄了一封遗书给我,不料落在我母亲手中,给她撕碎烧掉了,过后私下责骂我,我始知此人已死,但我始终没有见过他血泪写成的遗书!这已是三年前的事了!"说毕,草地上四五个头都低了下去,各自咀嚼哀味,连满天的星星也似凄然欲泪。可是幸而没有人问我年龄,因为那时我还只16岁,实足年龄尚不到15岁,三年前不是还只12岁吗?即使遇见一个流浪者觉得我可爱时,至多也不过送我一块橡皮糖罢了。

　　直到"一·二八"事件被压下去后,我们开始感到失败的悲哀,于是朋友中分成三派：一派是主张埋头苦干，唯实是务，话也不大说了；一派则主张尽情享乐，今天同密斯脱张上菜馆，明天跟密斯脱王正看电影，高兴便大家玩玩，不高兴便各干各的，好在女子终占几处便宜，本未相爱，亦无所谓负不负。女伴相遇时也只大谈明星的表情及西点滋味，不涉国家人生等大问题；一派就乐天安命，以为人生如梦，得过且过，管什么闲事，淘什么闲气，只讲讲笑话罢了；而我则埋头苦干一颗心一时却静不下，尽情享乐又觉得太颓废，命运论亦无法使自己相信，于是彷徨苦闷，终于积了满腹牢骚，常爱发一套愤世嫉俗的议论。幼时的坦白是没有了，美丽的谎话也编不出，但说话却还是要说。我常常恭维我所最看不起的人，也常故意使期望我的人灰心；我要人家都误解我，让他们在我"不由衷"的谈话中想象我的思想，我自己却冷冷地在鼻子里笑！

结婚是女子思想的大转机：我的朋友们大都已安于平凡恬静的贤妻良母生活，相见时大家谈谈仆妇孩子便也不愁没有新闻。只是我每次同她们谈过后，总觉心中更觉沉重，仿佛不但要说的话尚未说出，反而因此又增加了材料似的，委实积压得难过。近年来索性不大同人家说话了，除了必不得已的应酬以外。我每天机械地生活着，没有痛苦也没有快乐；我的心大概已渐趋麻木；若说要除去这重压而恢复到原来轻快的境界的话，那我也只有独自跑到溪边去诉淙淙的流水了，然而在这里连溪水也根本不容易找到呀！

（原载于1936年10月16日《宇宙风》增刊第1册）

上海事件纪念

　　两年来闲居的生活使我泯灭了个性,朋友们也都因我"不前进"而离弃了我,使我深陷于寂寞苦闷之中而不能自拔。好不容易在 10 月 1 号那天给我抓到了一个"试办一月"的机会,于是我就战战兢兢地开始过这办公厅的生活。越想做得好越会弄错,心中慌了一阵脑子更模糊起来。上司的声音在嗡嗡地响,越当心越听不清楚,又不好意思多问。一天光阴宛如隔了 10 年,直到时钟敲过 5 时,始舒了一口气,手酸足软,肚子似乎饿了,匆匆跨上了一路电车,从静安寺过南京路直向外滩驶来,巴不得立刻回到靶子路家中,往床上一躺,看娘姨绞手巾递开水的忙乱着。

　　到了抛球场,只见纷纷的车辆,都载着被包箱子及愁眉苦脸的男女老幼,我心中奇怪起来;昨天不曾翻黄历,却不知今天是搬家吉日。但又为什么带着惊慌愁苦的样子呢?及过了外白渡桥,这个疑惑给打消了,五步一哨十步一岗的全是荷枪实弹的军士。记得"九·二三"虹口事件发生的那晚，我正打算穿过海宁路到东吴大学去找人谈天，中途给日兵的刺刀吓回来后，也就自倒在床上酣睡过去。连年来东北地区的惨亡人数，而至阿比西尼亚的荒郊白骨，早就使我相信人类不过是帝国主义着所训练出来看斗着玩的蟋蟀一样，管他藏本为什么躲山洞，或什么人究竟被什么人刺死的呢！去年阴历十月间还不是闹过中山秀雄的案子吗？弄得满城风雨，据报载闸北居民竟迁走了十万，那时我正住在苏州河以南，泰山崩于前而色不变，看他们忙忙而来，忙忙而去的做了一场"烽火戏诸侯"的把戏，这次大概又要重做了。不料事出意外，虹口居民竟镇静异常，孺子可教，公安局官长们也放下了心。

直至那天——我职业生活开始的那天——日兵步哨放到苏州河北，铁丝网也都装上了以后，"一·二八"余惊尚存在心头的闸北居民，再也无法镇静了，于是耗资费力，老戏重演。北四川路上扰扰攘攘地充满了轻重车辆及来往行人，最多的是，站立在路旁指手画脚的瞧热闹朋友。"怎么办呢？弄里的人家都搬光了！"娘姨开了门忙着告诉我。带了满身的疲惫，忍了饥饿，连脸也没有揩一把，我飞步到校中去找贤。海宁路、昆山路的转角上，都有四个日兵把守着，看上去还有便衣警察混在纷乱的人群中。我低着头匆匆过去，连正眼也不敢瞧他们一下。心中虽不免恨而不敢恨，想不要怕而又有些慌。从"一·二八"跳不泊岸的轮船、攀已开驶的火车而逃回宁波来的父老们口中，我知道那时闸北江湾等处居民，曾受过家破人亡流离失所的惨劫。到今日还是闲话一下，要犯妨害国交罪，少女张伞,有抗日嫌疑,动辄得罪,使我们见了这批全副武装的友邦军士,实无从表示亲善的热忱。由"明哲保身"而"敬鬼神而远之",当该校门房答贤已出外后,我又低着头小心翼翼地归来。一进门,贤已先我回来,未脱帽,未洗脸,也未换上拖鞋。

"怎么办呢?"他问我。

"怎么办呢?"我问他。

"到底怎么办呢?"娘姨问我们。

天色已全黑了,肚子还空空如也,好主意也一时打不出来,还是吩咐娘姨先烧饭。大概娘姨刚走到厨房,外面有敲门声。日本人来查抄什么吧?贤叫我快到书橱看一下,有什么抗日嫌疑的没有。英国文学史,法律丛书,日华大字典,德文,法文,这些想都还不妨,只有这些党义书籍,什么弱小民族自求解放,不妥,得想办法。拿到厨房去烧光?拿出马桶,把这些书放在马桶箱里?……妙计尚未得,而老张已从后门进来了,敲门的原来是他。跟着娘姨也慌慌张张地跑进来:"先生,楼上那个患着重伤寒的二房东男人也跑了,抬了去的,还讲着呓语说要打日本人哩!那个女的,养下孩子还不到10天,哼唧着也预备今晚走呢!"

"他走他的,"我勉强按住了慌乱着的心,"张先生,你看究竟怎样?"

"这很难说,我也是来同你们商量这个的。"老张住在横浜桥。

外面又在敲门了,进来的是老赵老何。一进门就嚷:"校里不能宿了,日本人顶恨学生。你们今夜怎么办?"

　　大家都没有办法,愁眉苦脸地对瞅着发愣。究竟女人依赖心重,给我想出一个长辈来,就是在北站铁路局做事的姨丈。叫他们等着,我赶紧到姨母家(她家就在北站附近)去商量一下,唯他们之马首是瞻,瞻错了就把责任卸给运气。打定主意,就叫娘姨先开饭来,肚子可真饿了。此令一出,只听得娘姨哎呀了一声,飞步跑去,果然出了乱子,她尽管听着我们讲话,把饭烧焦了。于是,放下了他们不管,我飞步跑向北站去,希冀姨丈能替我们解决,更希望姨母能给我一餐晚膳。

　　到了北河南路靶子路口的铁门旁,真是人山人海!警察奔来奔去地吆喝着、劝导着,全归无效。蓝布被包,朱红箱子,不绝地向南载去。我知道这里面都是他们从"一·二八"以后节衣缩食,重新积下来的一点东西,在一批家伙中拣了又拣不忍把它们留下的,所以随身带了逃进租界去,但是我不知他们以后究竟将怎样去继续保存他们? 在这个环境中,我们简直保不住自己的生命。今天逃进苏州河,明天逃进扬子江,逃到河南,逃到四川,逃到帕米尔高原,也逃不过帝国主义的侵略!帝国主义的野心是永无自己抑制、自己止住的日子的,除非你不许他发展。我相信总有一天,这些蓝布包袱,朱红皮箱都保不住了,老母稚子也无法保护,然后赤了身子,饿着肚子,满怀着愤怒,向吃人的帝国主义拼命。但在今天,这些还有蓝包袱红箱子可搬的人们总还想苟安侥幸,我自己正是这么的一个。

　　到了姨母家,他们都未睡,勉强装出镇静的样子。二房东及楼下厢房内的房客都逃光了,全屋只剩姨丈、姨母、表妹,及合住在亭子间内的四个工人。

"我们总是一个死,只差个迟早罢了。逃什么呢?到处都一样!"这四个工人一致这样说,而且誓同生死。

真的,到处都一样,我们逃到哪里去呢?想起刚才惶急的情形,我不禁哑然失笑。肚子更饿了,他家娘姨已自去逃难,瞧这光景,连他们自己还没有晚饭落肚呢,我也免开尊口,赶紧家去想法子吧,于是告辞,坚留不允。

回到家中,见又来了三个客人,素姊及贤的两个亲戚。据娘姨说,这里二房东家女人也带着初生的婴孩走了,弄里除了15号三层楼上那个生重病的老太婆外,就只有我们一家了。素姊也说,宝山路也都纷纷搬家,警察在拦阻,流氓在凑热闹,黄包车夫在抢生意,乱成一片。

住在靶子路的人家全逃了,四川路的、北河南路的也纷纷逃避。娘姨每传一次信,我们多起一阵惊慌。好吧,逃,逃到旅馆里先去宿一夜,东西明天再搬。八个人住三个房间,不会挤,娘姨先辞歇。

"半夜三更叫我到哪里去呢?宁波轮船又开出了。管他死活,我还是在这里管东西吧。"她当初以为把我们吓慌了,就可带她同去逃避,及到我把工资给了她时,始泪汪汪地后悔了。老何他们都说既然出口辞歇,非即时叫她走不可,恐她夜间拿东西。结果,由我多给她一块钱,当晚就走。

于是大家挤出了靶子路,跳上一路电车,车中藤圈都没有拉了,卖票的急待拉拢铁门,可是不由主的人尽管挤上去,看看老张他们都上去了,贤也拖了我进去，铁门一合，素姊被遗在车外。我被众人挤在中间，再也望不见她。众人心中都紧张到了极度，仿佛后面已有日兵追了来一般。车到海宁路、蓬路都只准下去，不许人再上来，故稍稍空了一些。过了外白渡桥，各人始舒了一口气，激昂慷慨起来。同车恰有一个日本老妇，大家都拿她做对象，几十道愤怒的目光齐向她射来，吓得她不敢仰视。

车到了永安公司，我们都跳了下来，有的主张到三马路新惠中去，有的主张到四马路振华旅馆去，我却一心惦念着素姊。结果，就近在二马路一家小旅馆内住下，八人一间，这唯一空着的房间。贤问我要吃些什么，那时我已不饿了。

坐定了后，开始高谈阔论。从会不会战而谈到应该不应该战，问题就远了。大家好像忘记了自己是刚从北四川路逃过来似的，痛骂中国人民偷生怕死，苟安无耻，没有勇气，没有毅力。

我的头非常沉重，心中干急。明天还要上办公厅去呢，看看手表已2时半了。

明天怎么办呢？今晚还管不了，谁又管得明天？

先施乐园里灿烂的灯光，照耀着蓝包袱红皮箱及愁眉苦脸的逃难人群。明天怎么办呢？谁都管不了明天！

民国二十五年十月十日。

阅今日报章，知东京方面认为我们蒋委员长有诚意，则大家又可乐观矣。我也准备过几天再搬回北四川路去。不过此后我预备多买几只大网篮,以便携带便当些。好在逃难的机会正方兴未艾,总不会让网篮英雄无用武之地吧。

（原载 1936 年 11 月《宇宙风》第 28 期）

算　学

　　这几天东跑西走不免辛苦了些,我每夜必在梦中做算学习题,苦苦的想了又想仍不得其解,急出一身冷汗就醒了过来。据某君说他每梦做数学习题醒来就要遗精,我虽无精可遗,却也疲惫欲死。记得我在某女中时读的是段育华的混合算学,一会儿几何,一会儿代数的够人麻烦。数学是每周五次,除星期一外天天都得上,一个钟头讲下来总有二三个练习(约二三十题)指定明天喊人前去黑板上做。那时我们每天要上七个钟头正课,还有早操、课外运动、开会(校友会、学生会、级会、各地演讲会、各种研究会)等等事儿,而且自己总也得梳梳头、洗洗脚,或换件衣服,余下来委实没有多少工夫,而国文教员要你做笔记、交作文;英文教员要你查生词、背会话;理化教员要你做实验……在加分数的利诱与扣学分的威迫之下,个个闹得头昏目晕,又怎能还得清这一批批接踵而来的数学债?于是,抱"只得由他"主义,好在55人一级,被喊到的总不过一半光景,难道晦气的活该是我?

今天希望幸免,明天希望幸免,前面没有弄清,后面就看不懂了。债多不愁,我与邻座某女士订定口头条约,分工合作:国文英文的事有我,我替她做作文、造句,但每逢数学课我被喊到黑板前去演算时,就要劳她的驾来我身旁吐一口痰,顺便塞给我一个纸头儿。假如我与她同时被喊前去时,我们俩总是拣个地方并立着的,挤眉弄眼,我未走她不能走,她未走我更无从走起。这样的皆大欢喜得过了三年,她的国英文都有80几分,我的数学成绩也列入甲等。

做了几年的南郭先生,究竟心惊胆战,不是味儿,乃决计投考X中师范科;不料儿童心理、教育概论比几何代数更为乏味,乃征得学校当局同意,转入普通科。这回数学教本都用英文本,三角、立体几何,人家已教过大半本。数学教师唐先生是我们校长的老师,年高体弱,家又小康,本不愿辛辛苦苦出来兼课,经我们校长的恳求,始来义务担任我们一级的立体几何,那三角就由校长先生自己担任。校长是北大工学士,他的治学方法就是死背,懂不懂尚在其次。我们所读的这本三角是他自己念得滚瓜烂熟的,只要说一声公式几他能立刻背出来,习题也是如此。但你假如把 sin A cos B,改写作 sin X cos Y,他就得呆了半晌。他自己如此做,要我们也跟着行。我因为新近改科,大半本三角都要补背起来,39 个公式尚可勉强从命,几百习题委实强记不来,这使我几度起过退学的念头。我们一级里本有八个女生,一学期终只剩了三个,加进了我才凑成原来的半数。退学的原因都是为了背三角背坏了身体,有的患脑漏症,有的犯月经病,剩下的三个数学也并不很好,都是连夜开夜车才硬拼来的及格分数,至于男生呢,他们倒多的是作弊法儿。

唐先生的办法与校长不同:他自己对数学有很深的了解与浓厚的兴趣,恨不得把所学都传授给我们,讲解得非常详细明白,有许多人都感到绝大的兴味。但是也有一点不好,每次遇到同学中有人不高兴听讲,或做不出浅易的习题时,他总是露出十分难过的表情。他不责骂我们,只是自己难过,但我们见了觉得比责骂更难受。他以为数学万能,数学至上,人们要是不懂数学便是虚过一生,他不能让我们虚过一生。他爱我们,而我们委实没有法子使他不失望,为了时间与精神的限制。

为报答他的好意,同时也顾全自己的面子起见,我只得实行欺骗。我有好几个堂兄、表兄都是爱好数理的,我常写挂号信快信去央他们代做练习,然后自己削尖了铅笔,撒芝麻似地全抄在书中空白处,以供上黑板时应用。有时他临时出了几十个题目,急得我满城乱跑。考试时就得整整开上五六夜夜车,每考一次数学,我总得请几天病假。

二年级代数由他教,三年级解析几何由他教,到毕业那年女生只剩了我一个,这不是我的数学成绩忽然好了起来,也不是索性不管他难过不难过了,原因是我已有了一个像初中时每天塞纸团给我的某女士一般的人儿,那就是坐在我背后的一位男同学,也就是我现在的丈夫。

霹雳一声,会考开始,急得我们惶惶如也,最大的难关,还是数学,学校当局也深知其故,乃增加钟点,从初中一年级的课本起,一概加以复习,每星期多至 10 余时,使人人有抗算急于抗×之感,乃有反对会考之宣言。老头说,要是会考科目中没有数学,至少有十分之八九学生同我一般,不会在那篇宣言后签名的。我们不会想到会考不合教育原理,不合这样,不合那样的,你为上数学课,开夜车做习题做得头疼欲裂了,才想出那篇冠冕堂皇的会考十大弊害宣言。

会考过去了,接着首都 X 大入学试验又是要各科在标准分数以上,据某报所载这次 N 属六县中就只我一人侥幸,有许多考文学美术音乐体育的都为做不出数学而落榜了。至于我又为什么能够录取呢?说也凑巧,五个题目中有两个是昨夜刚看过的,一个是从右邻的那个很美的女生处窥得,她的卷子放在左边,上面还只抄好一题,自己正拿着钢笔在草稿纸上划来划去苦思,这一题使我成了功,但入学后我从未遇到过这位美丽的女郎,也许她也落榜了,因此我永没有机会向她致谢。

因为我入的是文科,从此我就和数学绝缘,除了每日应用的加减乘除以外。我为它确实受过不少苦,至今想起来犹觉心悸。我不曾得过它什么好处,物理、化学、生物等尚能使我理解一些日常所见的东西,而它于我简直毫无关系。我觉得强迫一个爱好文学的人去做什么代数三角,正同勉强一个研究数理的人去攻读四书五经一样的浪费精力与时间。

中学生不一定个个是天才,还望教育当局替我们估计一下能力,再来定课程标准才好。

(原载于 1937 年 5 月 16 日《宇宙风》第 41 期)

我们在忙些什么

我有许多女友,现在都出嫁了;她们不养孩子,也没有什么工作,可是说起来却不得闲,天天不知道在忙些什么。

"我们得找个职业呀,难道就这样的混过一世吗?"年轻的张在着急了。

"再过四五年就是 30 岁啦!"美丽的王更感到怅惘。可是着急尽管着急,事实上我们还是照样的一年年过去,始终没有做过什么工作。我们在家里既不洗衣做饭,又不看戏打牌,养了孩子有奶妈,给人家想起来该是少奶奶闲得不得了,但事实上我们却也天天忙着。

这样的情形连自己也有些莫名其妙,于是约了个日子集齐讨论:我们究竟在忙些什么?

住在大家庭里的淑首先发言了:"我可是没有法儿呀,不是自己懒得做事;家里住了这许多人,公公、婆婆、小姑、小叔,还加上一个窑子出身的姨娘，谁个跟前不要去敷衍一下？每天早上，婆婆念佛，要烧早香，小姑小叔要去上学，好容易陪着老的烧完了香，打发小的上学去了，回到房里还要待候丈夫起身。这是大家庭里的规矩，我们知书识礼的女子更要晓得。否则就是幼失庭训，辱没了爷娘。你们该觉得做这类事情未免太低微了吧？说出来你们也不会明白，大家庭里的媳妇都过着这样的生活。她们怕闹起来会给人家笑话，于是就含垢忍辱，起初是不敢反抗，后来就不想反抗。捧面盆，端洗脚水样样都来，只要在人家面前丈夫肯替她把大衣披上，就算顾全了她的体面。她们最不肯得罪父家，替姨娘找电影广告，陪婆婆讲龙王故事，亲戚来了要客套，一天到晚全为敷衍夫家而忙。到了晚上丈夫又回来了，于是聚会起精神再敷衍，敷衍得他呼呼睡熟了，自己也就筋疲力尽地躺在床上，想起鞋子还未买过，报纸没读，帐也没上，连家信也只写好'父母亲大人膝下'一行，但这些都只好留到明天再说了。要是我们有个小家庭……"

"小家庭？"性急的曼冷笑了，"我认为美满的小家庭始终是一个幻想。你们住在大家庭里自由虽是不自由一些，但茶饭现成，门户不管，哪里会有我们这样麻烦？我们是一日三餐，熨衣刷鞋，什么都得亲自指挥。一旦娘姨跑了，荐头店去喊，一天换两个，包你坐也不定，立也不安。小家庭里最麻烦的是娘姨，平日你坐在房里，她一会儿跑进来拿钱买酱油，一会儿又说刷子不见了，恨不得你关上门儿，却又被她敲得震天响，说是挂号信等着要取回来。在这种情形下，你们想还有什么事可做，什么书好看？假如你偶然兴发，想自己写篇文章，那是包管你写不到三行，烟士披里纯①就会给赶得精光。"

"所以我们必须有个职业，离开家庭到外面去做事呀！"年轻的张又复述她的主张。

王很快地起来反对了："要找职业先得离婚，否则就盼望他赶快破产失业；一个有相当收入的丈夫是决不肯让妻子专心职业向外跑的。你瞧，我们隔壁的那个密昔斯②孙，不是只教了一星期书，就被孙先生吵得不可开交，结果不得不请人代课了吗？男人们在家时总得有个妻子陪着帮些小忙。他们早晨醒来，转了个身又假装睡着，于是做妻子的得表示亲热和温柔，把他哄起床来。一不小心他还要撒娇，披上了衣服又倒在床上，这样就拖呀拖的一个半钟头过去了。起身第一件要事，就是趿着拖鞋上厕所，那时你得替他拿了报纸跟过去，他上马桶你就坐在浴缸边，大家一面看报一面说笑，好容易等到他两腿发麻了，这才立起来洗脸刮须，一会儿肥皂，一会儿剃刀，什么都要你来帮忙。直到你的肚子真饿不住了，于是一面央一面催的大家都走进餐室坐好，少爷的差使又来了！面包欠软换饼干，牛奶太淡要加糖，直到时钟敲了九下，方才匆匆忙忙地上办公室去了，临行时还再三叮嘱你上午不要出去，说不定他会忘带了什么可差人来

---

① 英文 inspiration 的音译，即"灵感"。
② 英文 Mrs 的音译，即"太太""夫人"。

拿。总之,女子的责任在看家……"

"那末等他出去后你总可以自由做些工作了?"淑抢着问。

"做些工作?"王妩媚地笑了,"丈夫去了有娘姨来给你麻烦,这个苦楚曼该是知道得很清楚。那时王妈看见少爷出去了就跑进来给你收拾房间,抹布太湿,扫地又扫得灰尘飞扬,于是你得避出去阳台上行个深呼吸,等她一切舒齐了再进来时,写字台上湿湿的写不来文章,只好拿起报来读。刚躺下沙发王妈又进来说是小菜买到了。这样白天里简直做不来工作,晚上又得陪着丈夫说些安慰话。所以我说要是我们的丈夫不破产失业,我们的希望就永远只是个希望罢了。"

说到这里贞的眼圈红了,她说她的丈夫并不需要她的亲热与安慰,却也不许她自去找职业,使他回家后失了个出气的对象。他的脾气很大,动不动寻她吵闹:洗脚水太热,纽子脱落了,一切都是老婆不好,骂了不够,还把茶杯摔破,桌子推翻,自己头也不回地上跳舞场搂女人解闷去了。于是她只好独个儿哭,抽抽噎噎的,结果还是娘姨进来把桌子抬好,碎片扫掉,劝了一阵又说些闲话,大家坐着等先生玩够回来,然后再关好后门睡觉。

"他们难道没有一些新思想? 这样的不懂文明礼貌!"张气得面孔都红了。

"他们新思想是有的,但结婚后谁都会逼着老婆守旧道德。"曼开始解释,"我知道男人是最会吃醋的,我中学时有一个先生结了婚就不许太太上理发店，说是给剃头司务摸脖子是怪不雅相的。他们不许妻子袒胸露臂地违反新生活，虽然他们很希望别个女子都能打扮得多肉感一些。他们决不让妻子有发展或培养能力的机会，只一味用'男主外，女主内'的道理来压制她，把她永远处在自己的支配以下。"

这些话，我们都同意了。男子们把女人像鸟儿似地关在笼中驯服了后，不久却又对自己的杰作不满意起来：她们的羽毛虽然还美丽，但终日垂翅瞑目地丝毫没有活泼生气。这时候就是有人替她们开了笼门，她们也飞不到哪里去，海阔天空就永远成为梦中的境界。这结果虽使他们放心，但同时又引起极度的厌恶。于是他们便开始看轻她，欺侮她，怪她们不肯努力向上爬，既不能对丈夫事业有所帮助，又不能陪着使丈夫开心，要不是男人度量大，肯自认些晦气，你们这类女子都该讨饭没路了。

"所以，他们对你就用不着再讲什么文明礼貌！"曼真有些感慨起来了。

"但我们女子自己真也太没志气了，"张气愤地说："男子们为了醋劲不惜用利诱威迫手段把我们压制得服服帖帖，难道我们就不会吃醋，使他们也天天忙着而不知忙些什么，一切事业都做不成功吗？"

我知道女子们的吃醋方法与男人不同：她们不敢打破传统观念，叫男子整天坐在家中陪她，因为一个没事做的丈夫也很会使她失体面的。因此她们只得牺牲自己的自由，放弃自己的事业，每天忍耐着麻烦，履行这"陪"的神圣职务。她们决不会真正对这种职务感兴趣，只是怕她们不这样做时,男人们就会发脾气而到外面去胡调罢了。这是多么愚蠢而苦恼的吃醋方法呀!我想要是男子们都肯自动地使上一条贞操带,天下就没有一个太太肯留在家中陪丈夫的了。

于是,我们的问题就这样的结束:我相信女人们要是都肯把这种吃醋方法改变一下,制成几句抗战式口号,健康第一!快乐第一!学问至上!事业至上!要陪丈夫也得在自己行有余力的时候始偶一为之,不要为吃醋而妨害一切工作,葬送毕生幸福,天天不得闲,连自己也不知道在忙些什么。

(原载于 1939 年 6 月 1 日《宇宙风·乙刊》第 7 期)

断 肉 记

爷爷年老爱吃肉,我们没办法,只好勉尽孝道,每天买上二三角——起初是以 2 角为原则的,后来肉价涨了,2 角腿肉切成薄片儿还不够铺满盆底,只得忍痛拿出 3 角来。——余下的钱就只够买些豆腐做汤,再加上那碗天天吃的卫生时菜——香干丝炒绿豆芽。

孩子们拿筷含在嘴里,尽管嚷:"妈妈要肉肉!"任凭我把豆腐的滋养料讲得天花乱坠,他们仍旧不怕微生虫地想吃猪肉。其实呢,我自己何尝不想这个味儿,因为我们自新年过后就不曾买过肉,直到一月前爷爷因故乡遭爆炸逃到上海来后,这才天天买上手掌大的一片,拿来家里放在清汤中滚熟——当然我们决不肯把它滚得过熟,过熟了就会缩得更小——爷爷吃肉,孩子们喝汤。

爷爷有些不高兴了:"年轻人老爱讲卫生,猪肉有虫,牛肉是外国人吃的就好;我活了 60 多岁就天天吃这猪肉,现在胃口坏了吃不下肥的,年轻时早晨起来总要吃上一对前蹄和红枣烧的浓汤。——瞧这几个孩子多瘦,依我的背时想头便该让他们吃些肥肉片儿滋润才好,难道说这个就会与卫生不合了?"

我没有话;孩子们你两片我三片的把一盆白切肉全抢光,晚上我只好又去买上3角。

第二天早晨我拎起小菜篮时爷爷就喊住我:"我瞧着这班小馋鬼怪可怜的,给他们油一遭嘴吧——这里3毛大洋,你带去了去切斤瘦五花来,乡下的腿肉是2毛8一斤,这里想来要贵一些,就算3毛钱一斤五花,肋骨可要叫他剔下。"

肉摊上零零落落地挂着些板油、肋条,饭司务大条的秤去,5块钞票付出后就没找进多少。我在摊旁站了歇,搭讪着问今天的肉价,肉摊主人可说出句惊人的话来:明天起要断肉了。

"妈的,啥个年头会太平,"他愤愤地说下去,"一只猪猡要捐上10来元,装猪的轮船还要常常勒住,偌大的上海就该吃不着猪肉吃人肉了!这次什么'牲畜市场'还要来扣牢硬夺,我们就拼着这条命不要把肉店关门,肉摊收掉拉倒,我也赚不着钱,你也抽不着捐,这样倒好!"

"明天要断肉了!"我无可奈何地从怀中掏出1元钞票来,只换到市秤一斤二两五花。他替我把肋骨斩成一截的,但决不肯把它剔掉。

孩子们油过了嘴便天天嚷着要吃肉,可是爷爷面前的白切肉也不见了,却换了碗微微有些发臭的腌肉。爷爷吃饭时总不说话,每次坐上桌后先把眼珠向寥寥的几碗小菜一扫，然后低下头来大口扒饭，扒了两口再夹些盐菜尝尝。他时常叹息，后悔自己不该逃到上海来，在这里活着受罪还不如死在乡下好！故乡多得是鲜蚕豆、大鲫鱼、腰花汤、竹笋烧肉……

我知道他是在怨恨我们的不孝，但在这有什么办法呢？80元一月的进款大都花到房租上去了，米价每石17元多，每天就拿食盐拌饭也自支持不住了，哪里还能够嗟叹"食无肉"；不过我也没有对他明说，假如给他知道了上海猪猡的身价比乡下大姑娘还贵，而且还要担心无货应市的话，他就会连夜摒挡行李，挨回故乡去拼老命去了。

可是意外地，前天晚上他终于对我说了："刚才我拉了寿儿上街去，家家肉店都空着柜台没有肉；他们告诉我，他们宁愿断肉，拼着饿肚子也不让人家收什么妈妈的捐！他们还告诉我从前太平时上海每天要宰四千猪，打仗后住的人多了，反而只宰一半数目，这就是因为横捐竖税的把价钱捐得高狠了，一般人家都吃不起肉，他们生意也就倒霉起来了。这次又出新花样弄什么畜生市场，以后的日子总归更会过不下去，倒不如趁早收了市好……我看这些人倒是有志气的，怪不得这几天你们只给我吃腌肉；但是你们为什么把这事瞒着不告诉我？"

我猜不透爷爷的意思，只含糊地劝慰他不久定会转好，那时货色多了，价钱总也会便宜些，爷爷只摇了摇头。

我没法替他弄些鲜肉，只得跑到三姑家去商量。昨天下午三姑就过来了，手里拿着一个纸包，里面裹的是一大块腿肉。我们都忙着问她哪里办来,她得意地偏着头笑:"你们猜猜这块该卖多少钱?——市秤三斤多,合天平也有二斤半光景呢。"

不等我们作答,她又自己说了起来;"只费国币 1 元,你看便宜不便宜?——是一个汉子上门来兜售的。"

一个黑影在我的心中掠过。但是孩子们拍着手儿高兴得怪叫,三姑把肉郑重地送到爷爷面前。

爷爷谁也不理,回头来吩咐我:"把这些肉都丢到垃圾箱去!"

我们都不禁愕然,爷爷板着面孔催促:"快些把它丢了——人家在忍痛停市,我们还买私肉?"

今天早晨小菜场显得格外热闹:所有肉摊上都有了肉,说是租界当局为"维持民食起见",再三劝他们复业,先把存猪秤售,再行筹商解决办法,好了,大家有肉吃了。

我想:存猪不比私肉,爷爷总该乐于接受。于是又买了 3 角,回家后做碗竹笋烧肉。

爷爷问明了来历,把这些肉全分给小馋油嘴了;他自己却理好了衣服,决定回乡,他说:"没事住在上海做什么? 多一个人就多给人家一份税收,我看断肉还不够,得要断食才好!"

(原载于 1939 年 6 月 10 日《文艺》第 3 卷 3、4 期合刊)

拣 奶 妈

去年冬天我又养了个孩子，照例没有奶，得雇奶妈。上海拣奶妈可不容易，荐店里喊来的，架子老大不要说，还得当心她有没有淋病梅毒。若说送到医院里去验，一则唯恐当事人不愿——给人家当奶妈须要褪了裤子受验，女人家是十有九个不愿的；光是验奶验血也会引起她们的害怕……二则手续也太麻烦，医生神气又看不惯；三则我这个人有些疑心病儿，凭他是留什么医学博士的一纸报告也不能使我释然于怀；而且，还有一个最重要的理由是取费太重，验一次起码要花上 10 来元，一个不合又是一个，叫我们这种普通人家怎么负担得下？

没办法，只好抱了孩子到宁波，宁波城里真变了样！江北岸、东大街，这些都是从前最热闹的区域，如今都成为死寂的市街。商家每天早晨开了门，伙计们都懒洋洋的，站在柜台边眼望着天。"空袭警报"响了就得赶紧关上店门，待"解除警报"拉过后却又不得不重又把门拉开，虽然他们也很明白这时候绝不会有顾客上门,可是不这样做就会立刻遭警察干涉——道旁路口多的是持棍警察,路上三五成群,来来往往的也大都是出巡的壮丁队。他们这样开门关门的每天得忙上三四次或七八次,有时候也许连飞机的影子也不曾瞧见过一只。

我家在月湖之西,那边算是住宅区,在往常的日子,每当夕阳西下时总有些男女学生在骑自行车玩儿,或马蹄得得,绕环城路徐徐兜转。湖中有一片空地,绿影婆娑,有亭有石,乃四明胜地之一,叫作竹洲,也就是县立女中的校址,我曾在那面度过三年最好的光阴;在最近宁波八度轰炸中它是遭了殃,去年冬天还完全的,只是空屋无人,学生们早下了乡。我在家里住了两天,看见小菜都没买处,找奶妈更没有法儿,于是只得听郑妈的话,到西乡樟村拣去。樟村是一个大村落,居民大都姓郑。那边多山而少田,因此男人不能恃耕种为活,入冬上山打柴,春夏秋三季闲着没事,就自在家烧饭抱孩子,让女人们上城赚钱去,有奶的当奶妈,没奶就做娘姨。

我爱我的孩子,存心要替她拣个好奶妈,因此商得郑妈的同意,百里迢迢地亲自下乡求贤。孩子要吃奶,不能离身,只得带了去;郑妈拿提篮,小网篮,及零星罐头等,里面有些是送郑妈家礼物,但主要的却还是围涎尿布之类。

本来,我们要到樟村去可以先从南门沿鄞奉路搭长途公共汽车到鄞江桥,再从鄞江桥讨黄包车到樟村,为时不到半天,但战后公路早已自动拆毁了,我们只得乘划子,欸乃地摇了大半天。一路风景很好,只是怕孩子受风，我们不得不盖上篾片篷儿，仿佛闷在棺材里一般。船身极小，在里面席地而坐，两腿麻得不得了，郑妈就不时要上岸解手。我听见船子在噜苏了，自己也怕耽搁时候，于是就有搭没搭地逗郑妈谈天。

"樟村近来真穷死了呀，"郑妈叹一口气，"本乡又没有田，打仗后米价更贵了，众人都吃不起饭，只好弄些芋艿番薯充充饥，旧年亏得逃难人多，村里的人都把房子腾出来借给人家，自己就在便桶间多盖上层稻草住住。"

"那末现在天气冷了，住在这种临时搭的草棚里不冻死人吗？——大人还不要紧，孩子们又怎样过呢？"

郑妈又叹声气："还说到孩子！樟村人男孩子还养着饿得精瘦的，女孩子最多留上一个，其余养下来不是溺死就是送堂里去。要是哪家养着女儿，便休想开口向人家借米；因为人家一定会不答应，你自己有力量养女儿，哪个该倒霉的来救济你？"

我没有话，觉得睡在自己怀里的孩子还有些运气；要是她在目前打从郑妈肚里挣出来的话，此刻想早已给丢在堂里了——那个南门外的育婴堂我是瞧见过的，一个奶妈养五六个孩子，便是头母牛也将愁供应不敷，于是生得好看一些的还吃得着几口奶，又黄又瘦的婴儿便只好在哭哑了喉咙后喝些豆浆过日子。

鄞江桥到了，看看时计已午后两点半。肚子饿得慌，把船泊在桥边，叫船子赶快上去买三碗黄鱼面——一碗我自吃，一碗给郑妈，一碗就与船子。

船子谢了又谢,一面吃,一面滔滔不绝地讲鄞江桥热闹景象给我们听,据说城里住的人少了,各店都想迁到这里来,但县里的人不肯,说是为维持市容,逼着他们继续开下去,因此他们只好在城里也开着门虚应故事,把大部分货色及店员都搬到这儿来了。

吃完了面上岸,孩子又哭得厉害,于是又赶紧在一家馆子里买水冲奶粉,喂过奶粉又给她换尿布,直待3时半方才讨好黄包车去樟村,车钱一元二,路程40里。

黄包车在石子路上拖着走,不快也不慢,倒还算是舒服。过了一村又一村,黄狗汪汪叫,孩子也睡了又醒,醒了又啼的。广场上常有壮丁在晚操,他们都是村人,样子怪蠢的,脚步左右都弄不清,休息时不时扯开裤子去撒尿,弄得教官火起来,拿起皮鞭乱抽,但他们却也毫不躲避,只自默默地忍受。

郑妈家前面临溪,半截瓦墙,缺口处就是进路,没有大门。我们到时已快6时了,她媳妇还忙着要弄点心;我再三拦阻她不住,郑妈自去溪边洗尿布去了,一会儿便捧上一大碗青菜炒年糕来。碗是蓝花的,又粗又大,年糕切得很厚,青菜还硬,油太少而盐过多,我委实吃不下。一个八九岁的女孩眼望着我咽唾沫,我连忙推开来碗叫她吃去,她刚待举步,却又趑趄不前。郑妈的媳妇便开口骂:"你这小贱×!臭花老!一天到晚只馋嘴。奶奶吃的点心也有你的份儿?晚饭快好了还想动嘴!"骂的那女孩不敢动了,眼望着我又狠命的咽下一口唾沫。

于是我问她是不是郑妈的孙女，那媳妇便接上口来："我自己养的女儿早给人家做养媳妇去了，这个贱×是寄养在我家的，一餐吃上二三碗饭，他娘只出3元钱一月！近来已有三个多月不带钱来了，鞋布也没一块，自己在外面挣大钱快活……"我低头瞧瞧那女孩的脚，鞋头开了口，踏倒鞋后跟拖起来只有半脚大，脚上又没有袜子。

晚饭时村里的人都围了拢来，郑妈在洗尿布时已把我要拣奶妈的消息宣布了，因此她们都想来谋这"肥缺"。

"我家媳妇养了孩子刚五天，"一个瘪嘴老太婆说，"奶可是真多，衬衫舍不得穿，赤身睡在棉被里，棉花都给渗得硬梆梆的；一天挤出三大碗还嗷着奶子给涨得痛死。要是你奶奶欢喜，这些大的娃娃包管一只奶也吃不完，余下的可挤出来给你奶奶喝着滋补……"

"但是我家奶妈是要紧着要雇进的，拣定了就要带上城去，你媳妇还在月子里，怎么好立刻跟我动身呢？"

老太婆可真着急了，翕动着干瘪的双唇："我们穷人家娘儿们还有什么月子里不月子里的，还不是养下来过了三朝便煮饭洗衣？她还算福气，有我老的活着，肚痛了有人递汤烧水，若换了个没有婆婆的，还不是自己收下血淋淋的孩子来，还得自己去生火弄汤，——假如你奶奶要，就是今天也可以跟去，那孩子就顺便带了去丢在堂里。"

"人家奶奶不喜欢未满月的。"一个30来岁抱着婴儿的妇人插口说："我倒是养了快两个月了。在月子里当家的本想把这娃娃丢去。我因一时没有人家,故主张暂时把她留下,省得奶不吃就要失去。前几天当家的说前村张家嫂要出去当奶妈,把新生的儿子来我处寄养,我的女儿就由她带了去放在堂里。我想抱一个来家养每月不过二三元钱,饭要吃着自己的,算来没有当奶妈好。要是你奶奶出我6块钱一月,我今夜就可以偎着宝宝睡,把这小东西搁开一夜,明早就叫他爹爹抱到堂里去。"

这是一个做母亲说出来的,我诧异!

吃了一碗饭,孩子又哭了,我放下饭碗问她们要水冲奶粉。她们没有热水瓶,要开水就得生火烧起来,我可没有想到。于是这许多妇人都抢着献殷勤,要把奶给我的孩子吃,我不能不接受她们的好意。于是郑妈就拣定了在根生嫂处吃;根生嫂是个30来岁的妇人,梳着髻儿,面孔倒还白净。她的孩子刚三月大,奶袋子直挂到脐边,见了有些怕人。最令人惊异的是我问她年纪时,她还只有21岁,想不到这样年轻的人会有这么老成的容颜及样子。后来我方才知道村里的人都是这样的,她们吃着没有滋养的东西,做得又苦,打扮是更不必说了,所以看起来,就显得苍老。

这夜我睡在郑妈媳妇的房里,根生嫂也叫了过来在房中与郑妈一起打地铺,以便半夜里孩子吵起来可以抱过去吃奶。我知道根生嫂心中是充满着希望,这夜里定会做上不少到城里大户人家当奶妈的好梦。

这间房间是郑妈家唯一的精华:自她的公婆一代起,做新房就得拣这间,因为这间的地板整齐;他们老夫妻俩曾在这里同睡过30余年,八年前她媳妇来了,这才把老的移到后房去。房中朝外的是一张大木床,可睡四个人,可惜棕棚年数多了有些宽下来,睡在上面给横木垫得骨头疼。枕头四方的,满是油腻,放下头去索索作声,里面全是稻草。一条蓝底白花的老布四幅被,大倒够大的,只是硬得厉害,布质又粗,我担心会擦破孩子的嫩脸。

这夜里我全夜不曾好好的睡,身子又凉,心里也烦。我知道这里的女人大都不会有淋病梅毒,也不会搭什么架子,给她们七八元一月便自欢天喜地了,但是我怎么可以使人家为了我的孩子而丢弃自己的孩子呢?

第二天,她们劝我把孩子交给根生嫂带着,自己同着她们到各村逛去。自从伯父被绑后,我已整10年不曾下乡,这次重睹水色山光,倒也不无兴趣。于是先从本村观起:桑枝上满是尿布,鸡屎遍地,孩子们大都面黄肌瘦,衣衫褴褛;间有几个白净一些的,问起来都是新近逃下来的城里人。

郑妈的媳妇告诉我:自从城里的人逃来了后,这里的东西就都贵了;他们吃惯了鱼肉,每市整篮的买,油也用得厉害,从前乡下的腰子是十四个铜板一只,现在已买上1角;鸡蛋也从四个铜板而涨到六七个铜板。于是村里人都吃不着肉,自生的鸡蛋也舍不得吃掉,都聚了下来卖给他们,每天只拿青菜下饭,假如用番薯当饭时,就连青菜也不必吃了。

"说起青菜,近来也贵了些,城里人喜欢把青菜油焖来吃,一斤菜烧烂了只剩得一碗,还得放糖加酱油,算起来要费多少钱!我外婆家一天要吃上两顿芋头,什么小菜都不用,只许筷头蘸些盐吃吃。

"城里人用不惯灯盏,晚上把美孚灯点得雪亮,一会儿玻璃罩子爆碎了又去买上只新的,他妈的杂货店老板就赚钱。

"城里人孩子都吃零食,害得我们乡下小鬼也眼痒起来,吵呀吵的狠了便顺手给他个大巴掌……"

我们一面听她说,一面缓步走去,不知不觉的到了长里方。这里郑妈有个妹子住着,因此她便邀我们进去坐坐休息。郑妈妹子家没有围墙,不整齐的石阶上一排住上四家,每家有一扇薄薄的板门,进了门便是一间泥地的房间,里面打灶,前面窗下,放了一张凉床;床前有一张桌,桌旁是鸡笼,鸡笼右边有一个孩子睡在摇篮里。进门处还放着一架梯子,这里没有楼,梯子大概是预备上阁用的。贵客到了,她们就让我坐在床沿上,自己忙着去烧开水。冬季正是打柴的时候,他们把砍下来的柴干好一些的都卖出去了,剩下自烧的都又潮又乱,有些叶子还绿绿的,烧起来烟雾弥漫,熏得我双目流泪,再也张不开眼来。回头看摇篮里的孩子时,却呼呼睡着,一动也不曾动,我们佩服人类适应环境的本能。

逛了三天,奶妈仍拣不下。她们间都互相像仇敌似地尽量说别人坏话;大婆婆说祥嫂子身上有虱,祥嫂子又说大婆婆的侄媳月经一月来四次,弄得我踌躇不决;连郑妈也不知如何是好。根生嫂替我奶着孩子,小心翼翼地,我心里倒有些欢喜;不料她在第三天上因自己孩子半天不吃奶哭得厉害,她的婆婆给抱了过来问她可有奶给喂一些,她不知道为什么恼了起来,当着我面前狠狠地击了那个三月大的孩子一掌,使我不得不厌恶她的残忍,因此又把这颗心冷下。在樟村,我对伟大的母爱深深地感到怀疑,原来所谓"昊天罔极"之德,在经济发生问题时便大打折扣,以后我永不读蓼莪之诗。

第四天一早我抱着孩子先走了,把拣奶妈的责任推到郑妈身上去。我告诉她身健奶多之外还得加上一个条件,就是所生是女,来我家当奶妈后不可就把她丢进堂里,或者就在邻近寄养着吧,我给她的工资是9元一月。

（原载于 1939 年 7 月 1 日《宇宙风·乙刊》第 9 期）

烫　发

　　我到上海快五年了，从来不曾烫过头发。当初所以不烫的原因，说起来也很简单，只为自己一向生长在内地，电烫水烫之类从来没有看见过，生怕烫起来怪吓人的，因此迟迟不敢尝试。可是我却不肯在人前示弱，给人家笑话乡气。"我可不愿让头发受火刑电刑"，我常傲然地把不烫的理由告诉人家。人家也仿佛颇以为这事是"难能可贵"而"足资矜式"似的，便一传十，十传百地传了开去："青是从来不烫发的。"这正同某要人生平不纳妾一般，我的不烫发主义也就在亲友间成为美谈。林姑母常常拿我做榜样教训她的女儿道："怎么你又去烫发了？蓬头鬼似的多难看！你瞧像青表姊般齐齐整整地往后面掠起来多清洁，大方得很！"美专毕业的柳小姐也常常当着别人称赞我："青真是个懂得自然美的，不肯随波逐流，卷儿束儿的怪俗气。任那头发软软地披在肩上，又朴素，又优雅。"

　　我获得许多不虞之誉以后，心里真觉得自己有些了不得起来，对人家烫发的鄙夷之唯恐不及。人家受了我的鄙夷，心里虽然不高兴，却也不得不佩服我的能独行其善。女人们最会看人学样，在无头不是飞机式的今日，要找一缕直直的青丝确有踏破铁鞋无觅处之慨。于是我更得意自己的有识见、有胆量、敢作敢为、出众而不同凡俗了。

那缕软软的、直直的、披在肩上的东西多么地使我骄傲呀！我的眉毛扬了起来，仿佛谁都是个见了人家烫发，自己便不敢不烫的可怜虫，而我才是说得出，做得到的好汉，哪个女人可不佩服我的伟大呢？况且那又是很合自然美的，清洁、大方、朴素、优雅，我一头兼而有之，够了够了。但是我身上的衣服，能不能与头发相称，顾得整个地调和匀称呢？我颇有些惴惴，也许从前做的衣裳颜色过于鲜明了，不合清洁、大方、朴素、优雅的原则。我可不能让自己的伟大有些缺陷，于是就邀了林姑母及柳小姐帮我同出去另挑几件来。颜色要大方，质地要上等，里子镶条都马虎不得。剪好了后她们又伴着我回家，把料子一块块抖开来给贤——我的丈夫——批评，哪块最美，哪块最便宜。谁都希望自己的眼力最好，拣得最上算。贤对此很少兴趣，又不愿得罪任何一个，只得把每块都赞上几句，并且故意把价钱猜得高些。"我们的拣手还不错呢！"林姑母柳小姐都得意地笑了，贤也回过头来对我笑笑——那是苦笑，我的心惶惑了。

难道我真要为了这些不虞之誉而牺牲到底吗？——浪费丈夫的金钱，同时也违反自己的愿望。我本来并非真个不烫发的。记得我在十五六岁的时候，天天穿了白翻领的大红衫子黑短裙，骑脚踏车上学校去，头发用编手套的铜针烧红来烫得蓬蓬松松的,被风吹散了披着满头满脸,连眼睛都给遮住,要转弯时先得把头向左侧一甩,始能露出半边面孔及一只眼睛来,这种装束在当时是很风行的,我曾这样的拍过一次照相,人家看看都说漂亮,添印两打统送光了,自己只留下一张贴在照相簿上,现在看起来还觉得非常快活得意呢!可是,人家既已替我宣传了"青是从来不烫发的",我就不得不把它赶紧撕下来塞在箱子底里,让这个从前认为光荣、现在变成不光荣了的历史陈迹永远深藏在那里。别人也许从此再不会知道我从前也曾蓬松过发这回事了,我自己也不愿再想起它,虽然在偶尔想起时候总抑不住快活得意的感觉。

但是我得克制自己,竭力把这种感觉视为罪恶,处处不可不记住我已是个出众而不同凡俗的人了,爱好摩登乃在所必戒。是非、善恶、美丑的标准统要另定,而且愈新奇愈好,即在小节上亦不可稍忽。虽然麻烦一些,但非如此何足以显高深?即不幸偶尔有一些见解与俗众竟无两样,也要迅下一番克己工夫,把自己克得与他们愈远愈好,否则又安能"出"而"不同"之呢?辜鸿铭在清朝剪发,到民国反留起辫子来,就是此意。古人中诸如此类的很多:吃狗屎、吞疮痂、唾面自干、冬葛夏裘、硬喝过量老酒、有官不做情愿捉虱子等等,真是不胜枚举。若区区之不肯烫发,犹小巫耳。

而且这种做法,我在中学时是早经训练熟了的。作文课先生教我们须独有见解,因此秦桧、严嵩之流便都非硬派他们充起能臣忠臣来不可。这样一来密圈好评也随之来了，别人看得眼红起来，纷纷效尤，打倒孔老二，消灭方块字，语不新奇死不休，弄得后来连先生也觉得新多不奇了，我就立刻随风转舵，照旧骂秦桧、严嵩为贼为奸，又落得一个物以稀为贵。——现在我之能以不烫发而见称于人者，也就是这种反旧为新的政策的成功。

不料在五年后的今日，我忽又感到胜利的悲哀了。这也许正是誉多不贵之故吧，我真的后悔不该为此不足轻重的毁誉而使我柔软的头发失去了变成波纹美的机会。同时也后悔不该为了什么调和匀称等等理由，害得我身上有五年不穿鲜明颜色的衣裳了。我的年龄一年年增加起来，想穿鲜明衣裳的欲望也一天天增强起来。红衣烫发的印象在我回忆中明白而清楚，那回忆是快活而且得意的。现在红衣已与我告别了，我为什么不与烫发再作几次临别的欢聚呢？

谁肯体贴我的意思，像颍考叔谏郑庄公般，使烫发钳与我再有缘而相见的机会呢？预料那时我将怎样的忍住了心的跳动来感受火刑电刑所赐予的欢悦呀！真的我为什么要挨下去不烫，硬与自己的愿望作对呢？一个守了五年节的寡妇再挨下去可以等待牌坊落成，一个吃了五年斋的佛婆再挨下去可以等待长斋的功德圆满，但是我，在二十几岁时不烫发是出众而不同凡俗，到了三四十岁不烫发便是凡俗而不能出众了。我为什么不在此时迎头赶上，把它先烫起来，算是三四十岁后出众的先声呢？

我要开始找个劝驾者。第一个给我拣中的便是贤。他总该容易体会我的苦心吧？

但他平日是不大肯管闲事的,我得设法引他开口。于是我在箱子底里拿出那张红衫黑裙蓬头鬼似的照片来,跑进他的书房里去。他在看报。

"你猜猜看,我手里拿的是什么呢?"我故意把拿着照片的手放在后面,装出孩子气似地叫他猜。

"什么呢?"他不经意地反问一声,显然不感兴趣。这使我失望。但不一会又给"希望"鼓起勇气来,拿照片在他眼前一晃道:"你猜是谁?"

"谁呀?"他似乎不好意思再不放下报纸了,拿起照片来端详一会,"我猜不出。"

是照片中的头发遮住了面庞使他看不清楚呢? 还是我老得多了简直使他不能在照片中找出丝毫相像之点来。我心里陡然沉重起来了,勉强说道:"这是我15岁时的照相呢,你瞧,蓬头鬼似的……"我抬眼望他一下,希望他或者会赞美我烫发非常好看了,但是他没有表情,我只得又追问一句:"我烫了发很难看吧?"

"不,"他放下照片又拿起报来,"但我觉得你现在这样更与你相配。"

现在这样更与我相配? 烫了头发便不大相配了? 这是因为我年龄太大? 还是因为我长得太丑? 他,我以为第一个容易体会我的苦心的,却拿这样的话来刺伤我的心! 我咬住嘴唇不作声,久久始进出一句话来:"别人烫了总不会同我一样难看吧!"

贤愕然抬起头来,忽然悟到我的意思,俏皮地笑道:"我可从来不注意别人,她们烫了难看不难看也与我无涉。"

我愤愤地走下了楼，走进厨房里。王妈的外甥女儿今天没上工，坐在那儿谈天。她看见了我就站起身来，飞机式头发刷得光光的。这使我又生出希望来，或许她倒能使我如愿以偿。

"请坐。"我的声音怪和蔼的，"你现在更漂亮了，新烫的头发吧？"

王妈笑着瞥了她一眼："她们小姑娘辈总是不知道辛苦艰难，辛辛苦苦赚来的几个钱，弄件把衣裳穿穿还是个正经，又去闹着烫什么头发了！其实这样烫得皱皱的一些也不好看，你瞧像少奶的头发，直直的又软又……"

我赌气不要再听下去，折身回到母亲的房中，母亲在剥花生米。那是预备等薇薇放学回来时给她吃的。我也懒得替她帮忙，只坐在一旁有搭没搭的同她闲谈着。我常把谈话的本题拉到自己幼年的打扮上去，希望她老人家能想起我红衫黑裙蓬松着发时的形状，因而说一句："那时我看你烫着头发多好看！"于是，我可以如获至宝似地捧着这话作挡箭牌，明天立刻上理发店去受电刑了，人家问起来就推说母亲喜欢我烫头发，我怎可不权且学学老莱子呢？

只可恨母亲并不体谅我这个想做老莱子的女儿，经我一引再引的结果，方才若有所悟似地开口说出自己意思来，我如犯人听最后宣判："青儿呀，你的头发天然生得多好，又软又稀，真是俗语说的贵人头上无重发哩！可惜你10多岁时常听信同学的话用钢针烫，一缕一缕地焦了断下来，那时我瞧着真舍不得肉痛得紧呢。……"我听到这里，情知苗头不对，忙设法挽回颓势道："但是,妈,上海头发烫得好,差不多个个人都烫的呢!"

母亲连连摇手道："你可千万别学人家坏样,青儿呀,你是好人家女儿,清洁大方最要紧的。现在薇薇已6岁了,你的年纪也不小哩,就赶时髦也只有三五年工夫了,别把好好头发弄得三不像的惹人家笑话罢。"

母亲也居然说出这样不中听的话来,我悲哀地想着造牌坊与吃长斋。

薇薇拿着书包进来了,外婆忙递花生米给她。她连丢三四颗在嘴里嚼了一会,忽然扳住外婆的肩头央求道："我明天要烫头发哩,小朋友们都烫的。蓬蓬松松的上面扎个蝴蝶结儿,多好玩! 我要扎个大红的,外婆。"

外婆也抚摸着她的脖子笑道："宝宝烫起来真个蛮好玩的。只是这里没钢针,叫外婆拿什么来替你烫呢?"

"钢钳,叫妈妈买把钢钳来,小朋友们家里都有亮亮钢钳的。"薇薇说了把头一甩,露出半个面孔和一只眼睛望我笑。

我陡然沉下脸来："这种常识你倒是顶熟悉的,我偏不许你烫发,你不知道一个女学生最要紧的是清洁、大方、朴素、优雅吗? 不信可去问问你的先生看。"

可是薇薇一些也不懂这八个字的意义,再把头一甩倔强地回答我:"但是先生们也都是烫皱了的呀!"

"难道你不想出众与不同凡俗吗?"我又有些傲然起来,鄙夷薇薇的太不如己了。

可是薇薇并不佩服她母亲的伟大与了不得,反而撒娇地哭了起来。

贤丢了报纸飞奔下楼，问明原委后安慰她道："央求妈妈明天去买把钢钳来吧，薇薇的小头上烫了头发很相配呢。"

薇薇烫了头发很相配？他们都是打伙儿来气苦我的！我忍不住咆哮出来了："我可从来不注意她相配不相配的！你高兴买自己替她买吧！我教她要朴素，别看人家坏样，你们都来反对我！我可从此不敢再教训女儿了，也没脸再赖在这里受人家憎嫌。薇薇，要是你烫了发，明天便不必喊我妈妈了。"

薇薇吓得不敢再哭，噘着嘴巴数花生米。

我一夜没有好睡，晚饭当然也吃不下。

第二天我起来时薇薇已到学校里去了，据母亲说她出去时仍噘着嘴巴，垂头丧气的。

我胸中尽转着造牌坊、吃长斋等等念头。

早饭后我的心里委实烦恼得难受，换了衣裳独个子跑出门去。

我漫步到了薇薇的学校门口，在铁门前窥了进去，一个个小女孩子都烫着头发，安上蝴蝶结儿，花的、绿的、紫的都有。我爱鲜明的颜色，尤其是大红的。一个女孩子有薇薇般椭圆而白胖的小脸，扎着大红的蝴蝶结儿，看起来真个相配极了。但是怎么没瞧见我的薇薇呢。她也许正独坐在教室里生气吧。

回家时我挟了一大包东西。贤放下报纸很有兴趣地问我这是什么。我告诉他是薇薇的衣料。他解开包纸一块块抖开来看，忽又抽出一包长而沉重的东西问道：那末这又是什么呢。

"钢钳。——给薇薇来烫发的。"我低声回答，心中又快活又有点委屈。

他笑了，扯去包纸把它抽出来仔细察看，还夹一下自己的头发试这个有否太紧或太宽，最后拿到母亲的房里。我也跟着去。母亲刚要开始剥花生米了，见了这个便问作什么用，我们抢着解释了一遍，贤还在她花白的头发上再试夹一下。

她看着这亮亮的钢钳不禁感喟似的说道："现在的人真乖巧哩，像青儿她们从前只知用钢针烫，哪里有这个钳子般来得好呢。"

我们都衷心地赞美这个东西起来，它明亮地闪耀在六只眼前，闪耀在三颗心里。我们不约而同地望望它又望望时钟，薇薇什么时候可以回来了呢。我擦钳子，贤找火酒、洋火，母亲赶紧剥花生米。我们都希望她能够快活得意，烫好了头发上学校去，袋里再偷带一大包花生米。

（原载于 1940 年 10 月 16 日《宇宙风·乙刊》第 32 期）

母亲的希望

昨天我抱了菱菱到母亲处去,那孩子一会儿撒尿,一会儿要糖吃的怪会缠人,母亲看着我可怜,替我委屈起来,不胜感慨地叹口气道:"做女人总是苦恼的吧? 我千辛万苦的给你读到十多年书,这样希望,那样希望,到头来还是坐在家里养孩子!"

我正被孩子缠得火冒,听见母亲还来噜苏着瞧不起人,忍不住顶起嘴来:"那末,你呢? 还不是外婆给你读到十来年书,结果照样坐在家里养养我们罢了,什么希望不希望的。"

"你倒好,"母亲气得嘴唇发抖,"索性顶撞起我了。——告诉你吧:我为什么仍旧坐在家里养你们? 那都是上了你死鬼爸爸的当! 那时他刚从美国回来,哄着我说外国夫妇都是绝对平等,互相合作的,两个人合着做起来不是比一个人做着来得容易吗? 于是我们便结婚了,行的是文明婚礼。他在银行里做事,我根本不懂得商业,当然没法相帮。我读的是师范科,他又嫌小学教员太没出息,不但不肯丢了银行里的位置跟我合作,便是我想独个子去干,他也不肯放我出去。他骗我说且待留心到别的好位置时再讲。可是不久第一个孩子便出世了。我自己喂奶,一天到晚够人忙的,从此只得把找事的心暂且搁起,决定且待这个孩子大了些时再说。哪知第二个、第三个接踵而来,我也很快地上了三四十岁。那时就有机会,我也自惭经验毫无,不敢再作尝试的企图了。可是我心中却有一个希望,便是希望你们能趁早觉悟,莫再拿嫁人养孩子当作终身职业便好。无论做啥事总比这个好受一些,我已恨透油盐柴米的家庭杂务了。"

"那也许是你没有做过别事之故吧?"我偏要和她反对:"做裁缝的顶恨做裁缝,当厨子的恨透当厨子,划船的恨划船,挑粪的恨挑粪,他们都希望自己的儿子不要再拿裁尺、菜刀、木桨、粪桶,当作终身职业了,谁又相信管这些会比管家务与孩子更好受一些呢?"

"但像你这样一个大学生出去做事,总不至于当个裁缝或粪夫吧。"

"是的,我或许可以做个中学教员。"我不禁苦笑起来,"但是中学教员便好受吗? 一天到晚拿了粉笔在黑板上写了又揩,揩了又写,教的是教育部审定的书,上的是教务处排定的课,所得的薪水也许不够买大衣皮鞋。秋天到了,开始替校长太太织绒线衫。没有一个女教员不恨校长太太,人家替她一针针织着花纹,她却躲在校长办公室里讨论教员缺席的扣薪问题。"

"你也不用瞎挖苦人,"母亲忽然转了话头,"做个职业文学家也不坏吧？"

"写文章白相相也许开心，当职业出售起来却也照样得淘闲气。第一先要通过书店老板的法眼，那法眼是以生意眼为瞳子的。文章优劣在于销路好坏，作家大小全视版税多寡，因此制造作品就得看制造新药的样子，梅浊克星、固精片、补肾丸、壮阳滋阴丹之类最合社会需要，获利是稳稳的。若不知这种职业上秘诀，人家都讲花柳第一而你偏来研究大脑小脑、神经血管之类，不唯无法赚到钞票，还须提防给人家加上'不顾下部阶级''背叛生殖大众'等罪名，倘若你得了这类罪名以后，捐客性质的编辑者们便不肯替你吹嘘兜销了，除非你能证明血管就是卵管，脑汁等于精液。"

母亲皱紧了眉头，半晌叹口气道："想不到你竟这样没能耐，这事做不来，那事吃不消，害得我白白希望一场。"

"你的希望要你自己去设法达到，"我也大大不高兴起来，"我可没有以你希望为希望的义务。老实说吧，照目前情形而论，女子找职业可决不会比坐在家里养孩子更上算。因为男人们对于家庭实是义务多而权利少，他们像鹭鸶捕鱼一般，一衔到鱼就被女子扼住咽喉，大部分都吐出来供养他人了。"

"这样说来你是宁愿坐在家里扼人家咽喉抢鱼吃的人，好个依赖成性没志气的人！唉，我真想不到这许多代的母亲的希望仍不能打破家庭制度……"

"这倒用不着你来担心,"我急忙打断她的话头,"家庭制度是迟早总会消火了的,至少也得大大改革。不过那可是出于男人的希望。你不听见他们早在高喊女子独立、女子解放了吗?只为女子死拖住不肯放手,因此很迟延了一些时光。真的,唯有被家庭里重担压得喘不过气来的男人才会热烈地提倡女权运动,渴望男女能够平等,女子能够自谋生活。娜拉可是易卜生的理想,不是易卜生太太的理想。他们只希望把女子鼓吹出家庭便够了,以后的事谁管你娘的。可是,妈妈,你自己却身为女子,怎可轻信人家闲言,不待预备好一个合理的社会环境,便瞎嚷跑出家庭,跑出家庭呢?"

"你到底总还是孩子见识。"母亲轻声笑起来了,眼中发出得意的光芒。"你以为社会是一下子便可以变得完完全全合理的吗?永远不会,我的孩子,也永远不能!假如我们能够人人共同信仰一个理想,父死子继,一代代做去,便多费些时光,总也有达到目的之一日。无如这世界上的人实在太多了,智愚贤不肖,老幼强弱,贫富苦乐人人各殊,你相信的我偏不相信,你要前进我便来阻碍,因此一个理想不必等到完全实现,它的弊病便层出不穷了。于是另一个新理想又继之而起,又中途而废。自古迄今就没有一种理想实行过,没有一个主义完成过。我真觉得社会的移动委实太慢,而人类的思想进步得多快!一个勇敢的女子要是觉得坐在家里太难受了,便该立刻毫无畏惧地跑到社会上去,不问这个社会是否已经合理。否则,一等再等,毕生光阴又等过了。"

"这是你的英雄思想，也许。但几个英雄的侥幸成功却没法使大家一齐飞升，有时反往往鼓励出无谓的牺牲来。在目前，我们似乎更需要哲人做领导，先训练我们思维的能力。因为有思想然后有信仰，有信仰然后有力量，这两句话我相信决不会有错。你说过去的各种主义都不能完成，那便是英雄们不许人家思想，硬叫人家信仰而压迫出来的力量。这种力量是基于私利而集合起来的，不是由于信仰真理而产生。因此只要他们相互间利益一冲突，力量便散了，拿来做幌子的理论也站脚不住，人类愈进化，要求思想合理的心也愈切，专凭本能冲动的赤子之心是未足效法的。孩子不知道河水危险，在岸边玩厌了便想跑到水面去，这种行动我们怎么能够叫他勇敢呢？那末又怎么可以鼓励一个不知社会的女子贸然跑到尚未合理的社会中去呢？她们需要认识，她们需要思想。"

"哈哈！"母亲不耐烦地笑了起来，"要是你不跑到学校里去，怎么会晓得上课下课的情形？你不跑到操场上去，怎么会晓得立正看齐的姿势？我知道你现在一定还不肯服输，会说那可以从书本子上去求认识，但是，我的孩子，你可太把经验看得容易了。一个教育理论读得滚瓜烂熟的师范生上起讲堂来没法使成群学生不打呵欠；一个翻遍植物标本的专家也许认不得一株紫苏。就如你，只为目前尚未受到深刻的家庭妇女苦痛，所以任凭我怎样说法还是一个不相信到底。但是，儿呀，你所说的思想思想一切空头思想都是没有用的，唯有从经验中认清困难，从经验中找出解决困难的思想，才是信仰之母，力量之源呢！我现在已承认自己过去空头思想的失败，不忖自己拿出力量来奋斗而只希望另一代会完成我的理想，如今你的答复已经把我半生希望都粉碎得无余了。所以一个人总不能靠希望……"

"一个人总是靠希望活下去的，"我迅速改正她的结论，"要是我们没有美丽的希望，大家都把事实认识得清清楚楚，谁都会感觉到活下去委实也没有多大道理。你以为做人真有什么自由或快乐吗？一日三餐定要饭啦，菜啦，一匙匙、一筷筷送到嘴里，咽到胃里去给它消化，这件事情已经够人麻烦讨厌了，更何况现代文明进步起来，一种原料可以炒啦、烧啦、烩啦、炖啦、烤啦、烘啦、焙啦、蒸啦、卤啦、腌啦，有上几十种煮法，食时还有细嚼缓咽、饭前洗手、饭后漱口等等卫生习惯，大家奉行得唯谨唯慎，小心翼翼，仿佛是一日不可或缺，一次不可或减的天经地义样的，弄得脑袋整天为它做奴隶还忙不过来，怎么还能够有什么别的思想产生呢？你刚才所说的经验困难等等，照目前情形而论，还是大部分困难都发生在吃的身上吗？吃不饱的人想吃得饱些，吃得太饱了的人想弄些助消化的东西来。所谓经验也无非就是找饭吃、赚饭吃、弄饭吃、骗饭吃、抢饭吃的经验罢了。靠这些经验产生出来的思想还有什么了不起的？所以我以为凡相信不经一事不长一智说的人们，不是蠢材也是笨蛋！人生的过程是这样短短的一段，便天天得一种经验也换不了若干智慧呢。"

"好，好。"母亲的嘴唇又抖了，双手也发起颤来，从我膝上抱过菱菱到房外去。"我总算是给希望骗了一生的蠢材笨蛋，只要你思想思想思想出幸福来便好了。——菱菱,外婆的乖宝,你大来总不至于像你妈妈般不孝吧?"

(原载于1941年1月1日《宇宙风·乙刊》第36期)

王妈走了以后

王妈走后不到一年，我们的小家庭里便改变得不成样子了。她是去年9月初三动身回故乡去的，那天刚巧是礼拜日，我的丈夫——建也在家。此外还有个三岁的女儿菱菱，她是跟着王妈睡的。我们平日并不很欢喜王妈，因为她做事任性，毫不把我们放在眼里。但是有她在一起时我们便觉得快乐，两口子东奔西跑用不着记挂家里。现在，嗳，可是糟了，我已有七八个月头不曾到过电影院哩！

她动身的时候正在下午，我记得很清楚，等她出门后我们便把家里的什物检点一下。那并不是我们怕她会带了什么东西去，其实是我们平日把什么东西都交给她，自己反不晓得哪一件东西究竟放在哪里。我们一面整东西，一面谈论王妈的好处，把她过去任性的脾气都忘记了，大家愈说愈觉得难过，忍不住四只眼睛泪汪汪起来。菱菱不懂得我们的意思，夹在中间还一味吵闹，后来我们自己也弄得筋疲力尽了，建提议不如且先出去菜馆里吃餐夜饭吧,晚上回来再整理不迟。于是大家换衣服、洗脸。忙了一阵,让什物乱七八糟堆满在前后房间,把房门砰地关上便自出去。一路上菱菱吵着要我抱,建说电车里面挤得很,菱菱还是让爸爸抱吧。菱菱不肯,我恼了,建把她硬抱过去,哭声恨声不绝于耳,建的眉头也皱紧了。这是他结婚以来第一次向我皱眉,我口虽不说,心里很生气。

进了菜馆,建就说要喝几斤老酒解闷,我不作声。他问我吃些什么,我叫他随便点几样吧,他点的都是下酒用菜,我不喝酒,也不爱吃那类东西。菱菱嚷着要这样要那样的,我们连哄带吓没有用,只好每样都给她尝一些。建是一杯在手,什么都不管的了,我却匆匆用好了饭抱着菱菱等他,愈等愈觉得不耐烦起来。

好容易等他喝完了酒一齐出来,路上想起菱菱没吃过粥,便在冠生园里买了只面包给她。上电车后,建又说自己多喝了酒没吃饱饭,悔不该不在冠生园里多买几只面包。我也觉得肚子里空空如也,外面吃饭究竟不如家里着味,大家还是回家以后再喊两客虾仁面吧。

但是一进门,瞧着到处什物凌乱的景况,心里便觉得烦恼起来了。菱菱不待我们卸装完毕,便赶紧吵着要睡,于是建就把床上的什物胡乱移到桌上,叫我偎着菱菱先睡,他自己开门出去喊虾仁面。菱菱起初不要我偎,她尽哭着叫喊王妈。后来好容易蒙眬眼睛像要睡了,建却领着送面的伙计大呼小喊奔上楼来。菱菱给他们闹醒又要吃面,于是再替她穿衣服,打发送面的伙计回去,把桌上的什物重新移开。这样再乱上大半个钟头,菱菱总算倦极先睡了,我说我们且慢洗脸,索性把什物整好了再说吧。建也不答白,只拿起香烟横躺在沙发上,半晌,才伸个懒腰说不用心急,东西且待明天慢慢的再整吧。我说他这是贪懒,明天你上写字间去了,这些东西不都要我一人来收拾吗?他说那末就是这样吧,我们此刻且先把东西统统堆到后间去,明天一早你赶紧到荐头店里喊个娘姨来,叫她下半天闲下来慢慢的整理。

一宿无话,臂酸腿痛。

次日我喊醒建,叫他在家管着菱菱,我就出外找荐头店去了。小菜场附近的荐头店多得很,我拣了一家店面最大的走了进去。

"侬阿是喊娘姨格?"一个瘦长脸的伙计迎上来问。

我点点头。

"饭阿要烧?"

"当然啰!"我说。

"阿要洗衣裳?"

我再点头。

"揩地板,收拾房间呢?"

我告诉他我们只用一个娘姨,烧饭、洗衣、揩地板、收拾房间,统统都要做的。

"哦,格个是要一把做。"瘦长脸的明白过来了,接着回头问一个中年女佣:"倷阿要去试试?"

那女佣摇头，她要专做房里。伙计接着又问好几个人，老的少的都问过，她们大都不大愿意。我心里感到无限屈辱而且愤怒。于是再也管不得腿酸足软，只气冲冲地掉转身子想到别处拣去。一个老板模样的汉子出来阻止我了，他说：“别性急，娘姨多得很。”一面翘首向屋角喊，“侬跑出来！跟迭个少奶奶回去试试。”一个乡下大姐样的女人从角落里趔趄着出来了，眼光迟钝，脑后拖着条大发辫。老板指着她向我介绍：“迭个大姐人蛮好，乡下刚出来，老实人不花头。”

于是我把她带回家里试用起来，试过一天便明白，原来那大姐人倒确实是蛮好，花头也没有，就是一件事她做不来。煤球炉子生不着火，洋铁锅子烧不来饭，她们乡下人原是用惯大灶大镬的呀！我得替她什么都做，甚至连她大小便上厕所时，也须我跟了去给她拉抽水马桶。这一天累得我精疲力尽，一面替她做，一面教给她听，任你说得唇干舌焦，而她还是“圣质如初”，什么都学不会。晚上建回来后提议依旧上馆子去吧，这回吃的是西菜，这样菱菱可以不必另外买面包。至于那个喊来的大姐呢，早已在动身前由我负责送回荐头店去了，因为她不认识路径。

建说：“荐头店里最势利，见你少奶奶亲自上门去拣，便知这公馆并不阔绰，所以好的便不肯来了，明天还是叫公司里茶房给你去喊一个来吧。”我想这句话该也有道理，明天11时光景，茶房果然替我陪了个三十来岁怪伶俐的女佣来。那女佣一进门便宛如曾在我家住过10年一般，什么东西都找得着，端出饭菜来碗碗像样。建是在外用午膳的，我为讨好新女佣起见,把本想剩给他晚上吃的红烧牛肉、青鱼甩水等统统给她拿下去吃了,这在我良心上虽也觉得对不住丈夫,但是好的女佣不可多得,我总不能让人家第一天就觉得灰心跑掉了哪!我得用美食来买她欢心,并一味和颜悦色地笼络住她。

她吃过了饭,便进来冲开水,绞手巾的十分殷勤,我觉得牛肉青鱼不枉费了,两天来的疲惫极需休憩一下,我脱去衣服预备午睡。

忽然那娘姨又推门进来喊声"少奶",我赶紧振作精神,装个笑容,一面静静听她说下去,她说:"我要去了,对不起。"

"要去了?!你到哪里去?"我宛如晴天遇到霹雳。

"荐头店里。"她淡然一笑,并不把我的窘态放在心上。

完了!什么都完了!原来牛肉青鱼始终买不到她的欢心,和颜悦色也没法留住她的身子,我感到屈辱也不胜失望。我的嘴唇颤动着,心想问她"为什么不愿做"?但自尊心使我闭住了口,我只得装出满不在乎的样子任她滚蛋。

此后我又到荐头店里去过几趟,茶房也替我们代几次劳,老的,少的,伶俐的,笨的,漂亮的,丑的,干净的,脏的,老实的,凶的……各色各样的女佣我都见到过了,也算增广见闻不少。到头来我们自己已整好了堆在后间的杂物,生火煮饭等生活也勉强做得来了,心想还是索性不要用娘姨吧!

不用娘姨可更加不方便:第一,我得清早起来买小菜,建得耽误办公时间给我看管菱菱。第二,客人来了,自己不能分身出去买香烟,弄点心,电话叫货又不能按时送到。第三,换下衣服送到洗衣店里,既多费钱,又太不方便。第四,出门要担忧炉子熄掉,玩不尽兴匆匆便返。第五,菱菱真是吃足苦头,她本是小家庭里的中心人物,现在却成了出气对象。第六,夫妻不时吵嘴,也不时上馆子吃饭吃点心……因此不到半月我们便改变初衷,还是依旧找女佣吧!

建说:"重赏之下,必有勇夫,我们预备工资出得大,定要找个上好的娘姨来。"

于是我们找到了周妈。论周妈的做手倒确实不错,但这不知怎的,我们总觉得不能把什么事情都托付给她。我们不放心双双出外而留她看家,更不放心让她独个子看管菱菱。但我们虽不放心她,却不能露出丝毫不放心的样子来,因为,我们总不能让她一气便跑了呀!我们对她颇为小心。为了她,我们不敢过早起身,不敢过迟吃饭,不敢少买几样小菜,不敢不忍住头痛拉亲友们多来我们家玩牌,不敢说出她端来的牛肉番茄汤内有些蟑螂屎气息……我们的忍耐工夫可真是惊人,若是子能如此忍其父,便是孝子;妇能如此忍其夫,便是贤妇。建和我平素虽不是孝子贤妇,在今日却是周妈的恭顺的主人主妇。我们自得周妈以来,虽万事先意承志,拍马屁唯恐不及,但三个月以后,她还是不能不离开我们走了。

因为有一天建偶然算账,发觉支出数额竟超过从前三倍以上。"那是百物都囤涨了之故。"他合拢帐簿向我解释。我仔细想想,觉得米价从七八十元涨到百二三十元,煤球自六七元一担涨到十五六元一担,那当然要归罪到囤积者身上,但我们三个月来从月食米三斗增至九斗,月燃煤球两担增至三担半,那又该叫哪一个负责呢?而且别的什物经检点结果,有许多已是不翼而飞,手帕、袜子、钢笔、手表、连纺绸衬衫裤都只剩得一套半了,我们偶然说起一句,周妈便自赌神罚咒的叫起屈来,接着又号淘大哭,哭骂冤枉人的不得好死,骂了一场,便绷起面孔走了。

我们喘息方定,至此乃又忙乱起来。建有时同人家谈起,常叹口气说:"娶妻总要会治家才好!"我听了虽也惭愧,但毕竟还是生气的成分居多。

我常常怨恨,恨这社会进步得太慢,公共食堂托儿所等至今还不能多多设立,害得我们不善治家的真正吃足苦头,精神浪费得多不值得。但有时确也着实后悔,悔不当初少读几本莎翁戏剧,洗衣烧饭等常识才较哈姆雷特王子来得重要呢!

我敢说,我们自从王妈走后,就没有一天能够安心工作,安心读书,生活的不安定原也不仅是飞机大炮所造成的呢。

(原载于 1941 年 7 月 1 日《宇宙风·乙刊》第 47 期)

红　叶

今天我偶然翻阅旧书，忽然翻出片枯干的红叶来。这片红叶，是我八年前在南京游栖霞山时带回来的，夹在那儿想留作纪念，日子一多便忘记了。今日旧物重逢，凭空便添了不少怀旧资料。我拈着它翻覆把玩，一面尽想着那天的情况，那天同游的人除我自己之外尚有四个，一个是我初中时的同学张继杰，一个是继杰的表妹赵小姐，其余两个则是她们的丈夫。先是继杰夫妇来约我星期日同游栖霞山（那时我正在南京中大念书），我答应了，星期日一早便跑到她家去。

"你来了很好，这位是赵小姐，"继杰笑吟吟地指着一位摩登女客替我介绍，随后又介绍赵小姐的丈夫徐先生，于是接下去说："他们也参加我们的旅行。"

我默不作声，只低头望一眼赵小姐的高跟鞋。

继杰也似乎感觉到了，对她说："表妹，你换双鞋子，我的那双树胶底鞋给你穿还合适。"

但是赵小姐摇头,她只站在镜子面前仔细观察自己的脸孔与头发。

继杰见她不要,自去换上那双鞋子。刚在她换好鞋子的时候,她的大女儿就嚷起来了:

"妈,我也要去,外面爬山山去。"

继杰哄了她半天,叫她轻声别把弟弟吵醒,一面又答应了许多东西,这才哄得她嘟起嘴巴答应娘独自离开。但话虽如此,一双小手兀自紧捏住她的裙子不放。

"美美快放手,"继杰轻轻地央求着她,"别揉皱了妈的裙子。瞧,表阿姨打扮得多漂亮……"

赵小姐正忙着扑粉,添胭脂,脸对着镜子左顾右盼,一面向她丈夫咕哝着说是悔不该不换那袭新做的淡红旗袍来。

"我原说是今天要穿那件衣服来的。"她恶狠狠地埋怨着她丈夫,"都是你催得紧,说是表姊姊家里坐坐换什么衣服……"

"但是你穿着绿的也并不难看呀,"她丈夫苦恼着脸安慰她,"达尔林①,你……"

她简直愤怒起来了:"我怎么样?我对你说我不爱穿绿的,听见了没有?你说我怎么样?说呀!"

---

① 英文 darling 的音译,即"亲爱的"。

继杰的小儿子在摇篮里动起来了，继杰连忙蹑手蹑脚地溜过去拍着他，我轻轻挨到赵小姐肩后劝解："我们快些走吧，时候不很早了。"

于是她的丈夫便过来挽住她臂膊，两人并肩走了出去，赵小姐嘴里还咕哝着："出门总得像个样子，给人家瞧着可……"

我转身过去催继杰动身，她答应了，一面再三叮嘱女佣，保儿的尿布在第二格抽屉里，醒来换过尿布喂奶粉，奶粉要调得匀。还有美美，美美可别让她尽外面乱跑。

"妈，"美美见她母亲提起她，便噙着眼泪过来，"美美也要爬山山。"

继杰的丈夫便把她拉了开去，告诉她说妈妈到外面去玩玩身体会好起来，美美乖，不要瞎缠。但是美美不依，继杰也望着她舍不得离开，两人难分难解地缠牢在一块。

我忍不住皱了下眉头，继杰仿佛很抱歉似的，低声央我同着她丈夫先走，她随后马上就来。但我们在门口呆等了快一刻钟，这才看见她莲步姗姗地走出来了，裙子揉得怪皱的，眼角润湿着。

我们搭火车到了栖霞山，满山的红叶。但是她们似乎都没有心思欣赏，赵小姐绷起面孔尽恨那件绿衣服不像样，徐先生懊恼地勉强安慰她说红叶衬着绿衣很鲜明，继杰则满腔心事似地低头径走，她的丈夫频频望着她脸色，似乎在考察她的健康究竟增进了多少。

"杰，你瞧这红叶好多呀，满山都是的。"他装出孩子气似的逗她开心。

她点点头，说："真是多得很。"

"不是红得怪可爱吗?"

她又点头,说:"真是红得很。"

于是大家都没话说了,风吹叶子索索地响。响声过后,只听见赵小姐低声在叹息:"那叶子颜色同我家里那件衣裳配起来还好,现在……

赵小姐的丈夫听了便恐慌起来,半晌,忽然想出个讨好太太的办法,他建议:"我们大家到山上去拍个照吧,达尔林,你说怎样?"

继杰听了也高兴起来说:"拍照真是好极啦,也算留过纪念。明天给美美保儿等看见了,真不知欢喜得怎样哩!"

但是赵小姐却哭丧着脸回答:"但是我可不能奉陪哪,这样的衣裳,衬着叶子红呀绿的,不俗死人吗? 早知你们……"

我忍不住打断她的话:"照相中又分不出红呀绿的,这又有什么要紧呢?"

大概她想想还不错,所以便露出些高兴神气来了。可怜的徐先生这才逢着皇恩大赦一般,连声催着众人快走。

"真的。"继杰起劲爬上两步,一面气喘喘地说道:"我们得走得快些。拍好照还早,大家到我家便饭,保儿恐怕早醒了呢!"

我看看她丈夫手中的大包东西,心里大为扫兴,责问她:"我们不是预先拟定在山上举行野餐的吗?"

但是她坚决地反对:"面包饼干怎好当饭? 我们还是走得快些……"

"我可跑得腿也酸哩!"赵小姐在后娇声嚷了起来,一面倚在路旁的树上,听红叶在她头上索索地响,"还不替我看看鞋子里有些什么?"她恶狠狠地把一只沾满了泥污的高跟鞋掷给她丈夫。

徐先生诚惶诚恐地捧起鞋子来仔细察看,我瞧不惯那种样子,便转过身子想折几枝红叶。但是好的红叶都在高处,我身材矮小攀它不着,继杰的丈夫便过来替我帮忙,他纵身蹿上树去,拣颜色鲜艳的折了下来叫我拣着。

继杰见他一闪身,便吓得怪叫起来:"别跌跤哪,快些走下来!"她像叫唤美美保儿似的叫唤着丈夫:"那东西有什么好玩的,拿回家去还不是一会子就给孩子们断得稀烂,白白弄脏房间吗?"

她丈夫果然乖乖的很听话,于是我们又向前走去,在山上拍过照,便回来了。在归途中他们两个男人都说饿了,把面包饼干嚼得津津有味,我也随着吃了一些。继杰是累透了,什么也不想吃。赵小姐在她丈夫的手中咬了半块饼干,嫌它没味,立刻吐在地上,一面赶紧在怀中摸出小粉盒,忙着拍粉,搽口红。

老实说,我这天一些也没有鉴赏什么风景。假如你问我栖霞山到底是怎样的,我可除了说漫天的红叶以外什么印象也没有。我的脑中清楚地记着他们四人的面容,女的是懊恼的,心不在焉的,男人则无聊万分,不知如何是好。我知道他们心里面都在后悔此行,但为了顾全别人的兴趣起见,嘴上不得不说着快乐的话。多勉强的态度呀! 于是我觉悟世界上原有许多人不配旅行,女的是全数,男的有大半数。她们或他们都不能在旅行得到丝毫快乐,花钱、费力、糟蹋光阴在外面跑了一趟,带回来的只有疲倦与无聊。

我说女人不适宜于旅行,那关系一半也是生理的。月经期中不便旅行,怀胎期中不便旅行,这类明显的事实固不必说了,就在平时,忍大小便的苦处也足以抵消快乐而有余。一个人总不能在腹痛欲泻的时候静静地欣赏水色山光,山水名胜之处又不能遍设女厕所以应此急,则娘儿们便急时难道也效吴稚老拉野矢般雅人雅事一番吗? 此外尚有冷僻处怕歹人调笑,迟归时怕婴儿啼哭;热了不敢解衣迎风,脏了不敢清泉濯足;头发吹乱则不欢,丝袜戳破又不欢,举凡汗出、脚痛、雨淋、日晒均不欢之事也,山水又何乐哉! 山水又何乐哉!

而且我知道女人们本性并不爱名山大川,她们大都喜欢人造纤巧的东西,一座玲珑的假山可供她们逛上半天,数数石洞有几个,你在山上呼,我在山下应,趣味无穷。若轻信男人的话打伙儿登泰山观日出,上峨眉访猴子起来,定会吃力而乏味。旅行在女人原是件苦事,因为一出门便须带齐许多东西,手帕啦,丝袜啦,奶罩啦,月经带啦,哪件少得? 而且天生脚力又不济,上山要讨轿,平地要雇车,轿夫车夫又爱敲娘儿们竹杠,这不是旅行,简直是受罪! 所以大半女子出门都有男人为伴,我对于这类男人总是既惊且叹,惊是惊其胆之大,叹是叹其人之愚。费了九牛二虎之力,只替她们弄几张纪念照片来,那末何不就爽爽快快的在照相馆里先拣就几打现成的风景照片,再叫他们把那个女人的玉照插印进去,峨眉远山,相映成趣,则女的既省跋涉之苦,自己又免护驾之劳,岂不两全其美? 好在这般为时髦而旅行的女人的目的只在有纪念照片可向人夸耀就得,对照相的艺术原可不问,你能把两张照片合印成一幅,使她的纤足放在华山顶上,玉手扶住西湖杨柳,她的心中便满足了,谁还对华山西湖发生过真正兴趣呢?

我想起这批照相旅行家在栖霞山上的丑态,忍不住恨恨地撕烂了这片留作纪念的红叶。

（原载于 1941 年 10 月 16 日《宇宙风·乙刊》第 54 期）

豆　酥　糖

　　我的桌上常放着四包豆酥糖,我想想不要吃,却又舍不得丢掉。

　　那豆酥糖,是和官哥上星期特地赶从爱而近路给我送过来的。他见了我,也不及寒暄,便小心地把豆酥糖递到我手里,说道:"这是大毛婆婆叫我带来给你的,我上个月刚到宁波去过,昨天才回来。"说完,便告辞一声,想回家去了,因为拉他来的黄包车还等在门口。

　　我死拖住他不放,一面叫佣人打发车子先走。于是他便坐了下来,告诉我关于故乡的一切。"这豆酥糖,"最后他的话又落到本题上来,"是地道的山北货。有人送给你祖母,大毛婆婆她自己舍不得吃,一定要我带出来给你。她说:阿青顶爱吃豆酥糖。从小跟我一床睡时,半夜里醒来闹着要下床,我撮些豆酥糖屑末放在她嘴里,她便咕咕咽着不再响了……"

　　我听着有些难为情,就搭讪地插口进去问:"和官哥,我祖母近来身体还好吧?"

和官哥偏头想了想,答道:"大毛婆婆身体倒好,不过年纪大了,记性总差些。"

于是他告诉我一个故事,就是这次她托他带豆酥糖来给我时,她还一定要留住他吃些点心去。于是,和官哥说,她在自己枕头底下摸索了好久,摸出一只黑绒线结的角子袋儿。她小心地解开了袋口,掏出几张票来瞧过又瞧,最后拣定一张旧的绿颜色的,交到我弟弟手里吩咐道:"阿祥,这1角钱……1角不会错吧?……你快拿去买十只包子来,要热的。……和官哥给你姊姊带豆酥糖去,我们没得好东西请他吃……粗点心,十只包子……1角钱捏得牢呀……"我的弟弟听了,笑不可抑,对和官哥挤挤眼,便跑去了。一会儿,跳跳蹦蹦地捧进一碗包子来。我的祖母拣了两只给和官哥,又拣两只给我弟弟,一面叽咕着:"1角钱十只包子还这么小……1角钱十只,1分钱一只……1分就是一个铜板哩,合起铜钱数来可不是……"我的弟弟听着更加笑得合不拢嘴来,连最后半口包子都噎住在喉头了,和官哥也觉得好笑,他说:"后来你弟弟告诉我,宁波包子便宜也要卖到5角钱一只,而且你祖母给他的又是一张旧中央银行的角票,就打对折算做5分,人家也不大肯要。"

我听着、听着也想笑出来了,但是低头看见手里拿的四包豆酥糖,笑容便自敛住,不久和官哥告辞回去,我便把这四包豆酥糖端端正正地放在桌上。

这豆酥糖因为日子多了,藏的地方又不好,已经潮湿起来,连包纸都给糖水渗透了。我想,这是祖母千里迢迢托人带来,应该好好把它吃掉,但又想,潮湿的东西吃下去不好,还是让它搁着做纪念吧。

于是,这四包豆酥糖便放在桌上,一直到现在。

俗语说得好:"睹物思人。"见了豆酥糖,我便容易想起祖母来了。我的祖母是长挑身材,白净面庞,眉目清秀得很。她的唯一缺点,便是牙齿太坏。到我6岁那年从外婆家回来就跟她一床睡时,她的牙齿便只剩下门前三颗。但是她还爱吃甜的东西,在夜半醒的时候。

我们睡的是一张宁波大凉床,挂着顶蓝夏布帐子,经年不洗,白的帐顶也变成灰扑扑了。在床里边,架着块木板,板上就放吃的东西。我睡在里边,正好钻在木板下面,早晨坐起来一不小心,头顶便会同它撞击一下,害得放在它上面的吃食像乘船遇巨波般,颠簸不定,有时且直跌下来。下来以后,当然没有生还希望,不是由我独吞,便是与祖母分而食之了。

我的祖母天性好动,第一就是喜欢动嘴。清早起来,她的嘴里便唠叨着,直到晚上大家去睡了,她才没奈何只好停止。嘴一停,她便睡熟了,鼾声很大。有时候我给她响得不要睡了,暗中摸索起来,伸手去偷取板上的吃食。板上的吃食,总是豆酥糖次数居多。于是我捏了一包,重又悄悄地躺下,拆开包纸自己吃。豆酥糖屑末散满在枕头上、被窝里,有时还飞落进眼里,可是我不管,我只独自在黑暗中撮着吃,有时连包纸都扯碎了一齐吞咽下去。

半夜里,当我祖母鼾声停止的时候,她也伸手去摸板上的吃食了。她在黑暗中摸索的本领可是真大，从不碰撞，也从不乱摸，要什么便是什么。有时候她摸着一数发觉豆酥糖少了一包，便推醒我问，我伸个懒腰，揉着眼睛含糊回答："阿青不知道，是老鼠伯伯吃了。"可是这也瞒不过她的手，她的手在枕头旁边摸了一下，豆酥糖末子被窝里都是，于是她笑着拧我一把，说道："就是你这只小老鼠偷吃的吧！"

我给她一拧，完全醒了。

于是我们两个便又在黑夜里吃起豆酥糖来，她永远不肯在半夜里点灯，第一是舍不得油，第二是恐怕不小心火会烧着帐子。她把豆酥糖本子撮一些些，放进我嘴里，叫我含着等它自己溶化了，然后再咽下去。咕的一声，我咽下了，她于是又撮起一些些放进嘴里来。这样慢慢的、静静的，婆孙俩是在深夜里吃着豆酥糖。吃完一包，我嚷着还要，但是她再不答应，只轻轻拍着我，不多时，我蒙眬入睡，她的鼾声也响起来了。

我们从不整理床褥，豆酥糖屑末以及其他碎的东西都有，枕头上，被窝里，睡过去有些沙沙似的，但是我们惯了，也决不会感到大的不舒服。次晨起来，也只不过把棉被略略扯直些，决不拍拍床褥或怎样的，让这些屑末依旧散布在原地方。

有时候豆酥糖屑末贴牢在我的耳朵或面孔上了，祖母在第二天发现后便小心地把它取下来，放到自己嘴里，说是不吃掉罪过的。我瞧见了便同她闹，问她那是贴在我脸上的东西，为什么不给我吃？她给我缠不过，只好进去再拆开一包，撮一些些给我吃了，然后自己小心地包好，预备等到半夜里再吃。

她把豆酥糖看作珍品,那张古旧的大凉床便是她的宝库。后来我的注意力终于也专注到这宝库里去了,讨之不足,便想偷。从此她便把豆酥糖藏在别处,不到晚上是决不让它进宝库的了。

可是我想念它的心,却是愈来愈切,盼望不到夜里,到了夜里,我便催祖母早睡,希望她可以早些醒来吃豆酥糖。

有一天,我的父亲从上海回来了,他们大家谈着,直谈到半夜。

我一个人醒来,不见祖母,又摸不着豆酥糖,心想喊,却怕陌生的爸爸,心里难过极了。等了好久,实在忍不住,只得自己在枕头旁、被窝里摸索着,拾些剩下来的豆酥糖屑末吃吃,正想咽时,忽然听见他们的声音进房来了,于是我便不敢作声,赶紧连头钻进被当中,一动不动地假装睡着。

"阿青呢?"父亲的声音,放下灯问。

"想是钻在被当中了。"祖母回答。

"夜里蒙头睡多不卫生!"父亲说着,走近来像要替我掀开被头。

我心里一吓,幸而祖母马上在拦阻了:"孩子睡着,不要惊醒她吧。"

"……"父亲没有话说,祖母窸窸窣窣像在脱衣裳。

豆酥糖含在嘴里,溶化了的糖汁混合着唾液流进喉底去了,喉咙痒痒的,难熬得紧。我拼命忍住不肯作声,半晌,咕的一声终于爆发了,父亲马上掀开被头问:"你在吃些什么,阿青?"

我慌了,望着摇曳的灯光,颤声回答道:"我没吃——老鼠伯伯在吃豆酥糖屑呢。"

"豆酥糖屑？哪里来的豆酥糖屑？"父亲追问着，一回又掀起被来，拿着油灯瞧，我赶紧用手按住那些聚屑较多的地方，不让他抢了过去。

但是父亲拉过我的手，拿油灯照着这些屑末问道："哪里来的这些脏东西？床上龌龊得这样，还好睡吗？"说着，他想拂去这些豆酥糖屑末之类。

但是祖母却脱好衣裳，气呼呼地坐进被里来了，她向父亲唠叨着："好好的东西有什么脏？山北豆酥糖，有名的呢。还不把灯台快拿出去，我睡好了，吹熄了灯省些油吧。看你这样冒冒失失的，当心烧着帐子可不是玩的。一份人家顶要紧的是火烛当心……"她的唠叨愈来愈多，父亲的眉头也愈皱愈紧了。

第二夜，父亲就给我装了张小床，不许我同祖母同睡了，祖母很生气，足足有十多天不理睬父亲。

现在，我的父母都已死了，祖母也有六七年不见面，我对她的怀念无时或忘。她的仅有的三颗门齿也许早已不在了吧？这四包豆酥糖正好放着自己吃，又何必千里迢迢地托人带到上海来呢？

我不忍吃——其实还怕吃它们。想起幼小时候在枕头上，被窝里撮取屑末吃时的情形，更觉恶心，而没有勇气去拆它们的包纸了。我是嫌它脏吗？不！这种想头要给祖母知道了她也许又将气呼呼地十余天不理睬我，或者竟是毕生不理睬我呀。我怎样可以放着不吃？又怎么能够吃下去呢？

　　犹豫着,犹豫着不到十来天工夫,终于把这些豆酥糖统统吃掉了。它们虽然已经潮湿,却是道地的山北货,吃起来滋味很甜。——甜到我的嘴里,甜进我的心里,祝你健康,我的好祖母呀!

　　　　　　　　　　（原载于1943年8月25日《风雨谈》第5期）

涛

——生活的浪花

生命像海，平静的时候一片茫茫，没有目的也无所适从，但忽然间波涛汹涌起来了，澎湃怒号，不可遏止，后面的推着前面的，前面的推着更前面的，大势所趋，不由得你不随波逐流地翻滚过去。一会儿，风停了，浪平了，剩留下来的仍是一片茫茫，疲乏地、懒散地，带着个波涛的回忆。

我是 12 岁那年进中学的，正值暴风雨前夕，空气沉闷得很。我所进的中学不是所谓普通中学，而是叫作县立女子师范学校。——这是鄞县唯一的中学程度女子读书的所在，因为那时根本没有男女同学这回事，而且连做梦也不曾想到。

女子师范在月湖中央，校舍占着一块风景优美的土地，唤作竹洲的。竹洲的古迹很多，说起来在很早的北宋庆历间，就有个楼西湖先生（郁）徙此讲学，不过那时还不叫作竹洲，叫作松岛。到了南宋熙淳时，史忠定公（浩）筑真隐馆于其地，乃更松岛为竹洲。后来又来了沈叔晦先生（焕）同他的弟弟(炳)居于真隐馆之右,各开讲院讲学,热闹非凡。其后更是代有闻人,如楼宜献(钥)之筑锦照堂,全谢山(祖望)之著书于双韭山房,黄儆季(以周)之主讲辨志精舍,这些都是四明人士所津津乐道的,我们的校长史老先生更道之不厌。

史老先生是前清的秀才,也是我祖父的老朋友。他有一张满月般、带着红光的脸,三缕牙须,说长不长,道短却也不短。说话的时候,他总是用手摸着牙须。轻轻地,缓缓地,生怕一不小心摸落了一根,那可不是玩,比打破他那副无边的白玻璃眼镜还要难过。我听说有生以来,他的眼镜玻璃只打破过一次,那是我进这学校的上半年,据说有一个高级女生因入了国民党,清早邀集三五个同学在操场上谈论男女平等、自由恋爱什么的,给我五姑母——师范学校的女舍监——听见了,打鼓似的笃笃笃一双小脚穿着皮鞋拼命向校长室跑去报告。那时史老先生刚坐下喝过茶不久,一手摸着牙须,一手正摘下那副眼镜来揩拭,因为茶的热气往上冲把他的眼镜玻璃弄模糊了。五姑母气喘喘地进来,把这话断断续续说了一遍,史老先生听到"国民党"三字,手便一颤,牙须幸而没扯断,眼镜却啪地掉在地上了,虽由我五姑母赶紧弯腰拾起,但已不由得他不痛惜,白的薄的玻璃竟碎了一片。

碎了玻璃还不够,渐渐地连史老先生的心都碎了。因为后来这位入国民党的女生虽经迫令"自动退学",而高级女生中似乎开了风气,常有切切擦擦私下在操场或在校园或在厕所中私谈情形,害得我五姑母小脚穿皮鞋笃笃笃跑来跑去忙个不停，史老先生也常摸着牙须轻轻叹气。我进了这学校，瞧着奇怪起来，偶然问人，人家就把这经过告诉了我，我始恍然大悟。但大悟之后却又有些不解：国民党是什么？入了国民党的为什么就要勒令退学？我把这话向五姑母询问时，五姑母却大大的惊慌起来了。

她涨红了脸，气急败坏地警告我："什么？我……你孩子家也知道国……国民党了吗？谁告诉你的？幸而……幸而还好，不曾给他……他老人家知道，要是他老人家……史老先生知道了，你得当心……以后快不许说！"

我也慌了，真是一句也不敢说。但不到下午，史老先生就来叫我到校长室去，我五姑母正站在旁边。五姑母的脸孔通红，史老先生这时却像红光给她全借了去似的，显得有些青白，他的面容看去似乎很动怒，但却带着轻微的悲哀。

我站在他的面前，抖索索地，一鞠躬。

他略微点点头，左手端着茶杯，右手开始摸牙须起来。他对我说了许多话，文绉绉地，引了许多古书，我一则听不懂，二则心里慌，许久许久，才抓住"玉石俱焚"四个字，大概是说我若再跟她们胡闹下去，将来就不免玉石俱焚了。但是事实上我并不曾跟她们胡闹过什么，我只不过问了一句，不知五姑母是怎样向他报告的，我想解释，然而他已挥手令我出去了。这是我进女子师范后第一次能有机会跟他谈话——不，应该说是"听"他谈话。

　　第二次他喊我进校长室去,原因是我不该梳了两条辫子头。原来当时女校有一种规矩,便是附小女生梳辫子,师范女生梳头,不问年龄大小,只讲程度高低。我12岁进中学,当时是最年幼的一个,许多十八九岁甚至于二十余岁的附小女生都拖着长辫子,但我却要绾起一个髻来。髻的式样很多,有直S,有横S,还有其他各式各样的头,但是我却梳不来。我只能学着一般最老实的人的样子,梳顶老实、顶便当的辫子头,那就是打好一条辫子,把它胡乱绾起来,用几个钗来夹住便是。有时候连跳带跑,钗掉落在地上了,那辫子就失了羁绊,曲曲弯弯,像小涧的流水般垂挂下来。于是有人向我建议:你的年纪轻,后头梳独个髻不像样,还是当中挑开梳两个吧。我想起古装美人图上的丫鬟,觉得她们的垂髻样子还好看,就照着做了。

　　不料史老先生却又喊我进去训斥,这次他的脸色更青更白,右手不是摸牙须而是紧紧握住牙须了,他说:"你为什么不守校规? 梳两个头,成什么样子? 古语说得好,天无二日,民无二主——真是造反了!"

　　五姑母站在一旁面色通红,像不胜热闹似的;但四肢却又像怯冷,抖索索的。我想,梳头与造反又有什么关系? 两条辫子头又怎么上比太阳或人主起来,真是莫名其妙。待要启齿询问时,嘴唇一翕动,五姑母便冲着我呵斥:"还不快出去把头梳过了! 谁叫你梳两个髻的? 是谁在教唆你? ——快出去呀,赶快把头改梳过。"我噙着眼泪,委屈地退了出来。

　　从此我的辫子头又归并起来,合而为一了,但整个的中国却仍旧四分五裂,国民革命军从广东出发,一路浩浩荡荡地奔向浙江省来。

在第二年春光明媚之际,同志们终于完成了光明灿烂的工作,整个的县城里都悬满了青天白日旗,只缺少一个地方,那便是我们史老先生管理下的女子师范。红的旗,加上一角青天白日,花样是新鲜的,一切机关、学校、团体,甚至于时髦的家庭都在赶制,制成一面簇新的旗,挂起来,挂得愈高愈好,迎风招展,似在普遍地向四方男女青年打招呼。于是青年们仰面对着它,千万颗心儿一齐向上飘,呼声愈来愈高:打倒帝国主义呀! 打倒土豪劣绅呀! 女子解放呀,剪发呀,最后还来一个要求,便是男女同学,这可把史老先生真气坏了。他坚决地拒绝悬挂国旗,说是一切罪恶都由它带来。于是高级同学嚷起来了,史老先生便实施封锁政策,一概不许出校门。走读生暂时留住在校中,本埠寄宿生连星期及例假日也不许出外,但是外面终于也得了风声,在学校的周围,墙上、柱子上、商店橱窗上,统统贴满了标语,那便是千篇一律的,驱逐腐化分子史老顽固的要求。这些标语,我们本来也不会瞧见,原因是喊张妈去买花生米,糖果店贪小,把它撕下来作包纸包了,所以才能到达我们眼帘。"铲除腐化分子呀!""打倒史老顽固呀!"学校里也喊起来了,而且第一次作事实上示威的,便就全体剪去头发。

记得有一位高级同学对我说:"苏青,你不怕麻烦吗? 这样小的人梳着个辫子头,小老太婆似的,多难看呀! 他们连梳两个都不答应你,专制手段,你还不反抗谋解放吗?"于是我连连点头,她便拿起剪刀嗖的一声,替我头发求得解放了。

当我五姑母笃笃笃晚上走着来查寝室时,只见桌上满是乱发及剪刀,她便吓了一大跳。她站在房中央喊:"你们都睡着了吗? 瞧,这是什么,桌上哪里来的这许多头发? 谁是值日生? ……"一连串的问题尽管由她追问下去,可是谁也不回答,大家假装睡着了,她更加气起来,去瞧值日表上的名字,真糟糕,写的刚巧是苏青!

她揭开我的帐子吼:"阿青,还不快醒来,你不知道你是值日生吗?"

我的头早钻进薄绵被里去了,听她这么说,只在被底下吃吃笑着回答:"我值日可是不值夜啊!"五姑母呆了半晌,猛地把棉被直揭开来,我的头发早已披散在满颈满额!

当她揭开一张张床的帐子,发现一个个人都变成满头乱蓬蓬的短发时,她忍不住连跌带撞地跑了出去,一面抖索索地嚷:"反了,反了,我去告诉史老先生去! 一定是要自由恋爱,所以剪头发。"她的样子像疯婆子,我们都坐起在床上瞧着笑了。

后来大概是为了男女有别,她不好意思在黑夜里去叩史老先生的寝室门吧,她终于留在自己房间里兜圈子。小脚穿皮鞋笃笃踏着乱响,响了大半夜,也就没有声音了。次日一早,当我们正在对镜梳短发自个儿欣赏的时候,校役老王,拼命地摇着铃说是有紧急事要开大会了。

礼堂中乱糟糟的,一些没有秩序。史老先生站在讲坛上,两旁站着七八个老师,下首还有一个五姑母,脸色苍白,眼睛呆滞的。史老先生穿着灰布长衫,黑马褂,神气很镇静,牙须似乎梳理得特别整齐,一手轻轻捻着,一手按着讲桌开言道:"诸位同学,请不要吵,大家维持秩序!"

顿时全教室中变成死样的寂静。我坐在最前排,心里有些慌。只听见史老先生缓缓地说下去道:"兄弟来到这里,已有15年了,有许多同学与我说起来都是世交,譬如说苏青君吧,"他放开捻牙须的手指着我,我的头直低下来,"我与她祖父是同年进学的,她的母亲也是我学生,现在我看她好像自己的小孙女儿一般……但是,唉,连像我小孙女儿一般的人,现在都背叛我了——不,应该说是离经叛道了。我从小读圣贤之书,一生自问大节无亏……"他说到这里,只听得台下的嗤嗤笑声放了出来,但不知怎的,我只觉得心酸,暗暗咽着泪。

他又接下去说:"你们不要笑,我是老顽固,我情愿做老顽固,绝不肯盲从轻薄子弟,谈什么自由恋——唉,这种粗话我简直说不出口,真是禽兽世界!就是说女大当嫁吧,也得由父母之命。如今你们都剪了发,将来于归之日拿什么插珠花?……"

"我们绝不要戴珠花!""我们绝不出……啐!"台下又夹七搭八搭起来。

史老先生更沉痛而镇静地说:"不,你们一定要戴珠花,女人总是爱美的。就是不戴珠花,也得戴别的,将来你们一定会后悔的,一定会重新蓄起发来……"

"不!绝不!我们不要听。"

"你们不要听,也好,"史老先生的声音开始带着嘶哑,"我也不再说给你们听了,我今天就是来向你们告别。我的辞职书已递到教育局去,他们下午就会派人来接收,明天早晨你们大概就可以有一面簇新的旗子悬了。其实,哼,我知道他们也只能够替你们悬面旗子而已,还有剪头发,这就是所谓革命。——苏青,你的年纪小,犯不着给人家利用,玉石俱焚,下午休了学跟你五姑母回家中去吧。"

不等到我的同意,吃过中饭五姑母就雇来一只划船带我回家中去了。我终于瞧不见簇新制的青天白日满地红国旗,虽然我的头发据说已经得了解放。

住在家里,真是寂寞得很。五姑母常向祖父唠叨,说是世风变了,女孩儿们也变坏了,剪去头发,像只鸭屁股似的。但是祖父却不以为然,说是梳头原也太麻烦,革去辫子倒好。他甚至于连男女平等也赞成,女子服务社会也赞成,就是有一件事他莫名其妙的,却万万不能够同意,便是所谓自由恋爱。

哥哥暑假中从城里回来,说是史老先生早走了,女子师范也将改办中山公学,实行男女同学。祖父说男女同学也好,大家可以切磋学问,只是少男少女相聚一堂,千万别闹出花样来才好。

哥哥说:"便闹花样又有什么关系呢? 现在许多人都赞成自由恋爱啦!"祖父听完便勃然大怒道:"什么叫做自由恋爱? 那简直是苟合行为,雌狗与雄狗似的一遇便合。"五姑母则坐在旁边抖索索地连声叫我:"阿育还不快出去瞧你母亲，站在这儿听些什么东西？"

我咕嘟着嘴真个出去了，不听也罢，横竖哥哥已偷偷地送给我许多关于三民主义浅说之类的书，闲着没事，我可以悄悄地看。书的里面，还夹着一张从报纸上剪下来的党歌及谱，另外是一张油印的总理遗嘱。

我欢喜唱歌，央求哥哥教给我唱党歌，但是哥哥不会。我没有办法，只得自己轻轻按着谱哼，哼来哼去，居然自己听起来也还成个调调儿了。至于总理遗嘱呢？那更是我用功的宝典，一字字，一遍遍，念过又念早已念得滚瓜烂熟了。

过了暑假，哥哥便进中山公学去，我却被强留在家中。据祖父说：只要男女学生不要闹得太不像样，下学期就让我去复学，要是不然，还是留在家中帮母亲做些事吧。

我不喜欢帮母亲做事，像五姑母般，说是帮着祖母做菜，却要咖喱烧牛肉啦，乡下没处买咖喱粉，差我去问慎大杂货店老板，老板说："小姑娘你别寻开心，蛤蜊粪要到海中去捞，小店哪能买得出呀！"五姑母做不成新花样的菜，赌气要做点心了，她的拿手杰作是香蕉布丁，乡下有的是鸡子，有的是麦粉，却又缺少香蕉油什么的。

于是五姑母叹气了，祖父也随着叹气。祖父叹气的原因，倒并不是因为吃不着咖喱牛肉或什么布丁，他为的是近来常接到哥哥从校中来信，说是校中教员多相信共产主义，天天闹着同家中小脚老婆离婚。而一般青年学生呢？则是开口马克思，闭口鲍罗廷的，上课时与女生肩并肩儿坐着讲同志爱,因此校中虽然实行不点名制度,可是他们也决不肯随便缺席。而且有时还常有"争席"现象,便是女生人数太少,有许多得不到与女生同桌并坐的,便埋怨辅导处排座位不公平,要求再来个抽签决定,或者索性采用轮流制,一星期换一次座位。

祖父看了信总是长叹,叹息完了,才又记起附着寄来的各种杂志。杂志常是横排的,祖父瞧着嫌吃力,把一副老花镜架上又取下,取下又架上,忙个不停。五姑母说,老人家还是歇歇力吧,这种左道邪说有什么看头?祖父说,国民党共产党理论都还不错,就是实行起来出毛病,男女同学若不能管束得严严密密连互相瞧一眼都不许,索性还是暂缓几年等这些青年老成些再说吧。

以上的话虽然是祖父的私见,并没有向当局建议,但是贤明的当局毕竟与祖父所见略同,不到三个月便把中山公学解散了。解散的原因,听说倒不全是为了澄清男女关系,他们有的是政治背景,这叫作清党。

哥哥回到家里,把学校解散前情报说了又说。他说:真是有趣啊,起初是打倒土豪劣绅,打倒城隍菩萨,学生一队队出发,耀武扬威。后来耀武扬威的权利却不知怎的让给军人了,一队队武装同志冲向学校来,将校门前后把守住,先拣空地放枪示威,于是大搜赤化分子,有红围巾的女生要捉,名字叫作张剑赤的也要捉,党国旗画得歪的,或是和这些画歪党国旗的人通过信,同过寝室,题过纪念册的都要捉。

有的人捉去以后,只要做父亲的有熟人在党部做事,或与什么机关有联络,便可托情保释。有的则是备受苦刑,之后还解到杭州,解到南京。

据说邻县有一个小学女教员,十分漂亮,有位党员老爷追求她不遂,便把赤化嫌疑品交给往捉的人带去,塞在她的小网篮里,这样便把她带进司令部来拷问了。拷问过后,关禁在狱中,于是那位党员又去讨好,向她求婚,说是只要她愿意,便可替她洗清冤枉。可惜那位女教员真是太年轻了,太纯洁了,太不会骗人,她说她实在不能爱他,还骂他无人格。他老羞成怒,结果那个女教员是枪毙了,死的时候很漂亮,看枪毙的人都啧啧称美她藕也似的玉臂不忍离去,据说那位党员老爷也流下了泪。

那位漂亮的女教员终于屈死了,我哥哥说,中国少了个革命女同志。我五姑母则哼了一声道:漂亮的女人哪里会革命?完全是自由恋爱害了她,怨不得党员。祖父一声不响,眼望着天;我也随着他所望的地方找去,仿佛瞧见一个天真无邪的女郎,乱舞着藕也似的臂膀在哭喊:"冤枉呀!我死得好苦!"

过了年,那个由女子师范学校而改为中山公学的,终于又从中山公学而改为女子中学校了。校长是一个漂亮的女性,姓邹,刚同她丈夫离婚不久。她在大学还只念完一年课程,中学就在女子师范读的,与我五姑母有师生之谊。她写信来请我五姑母去当辅导主任,五姑母快乐极了,便忘记她的自由恋爱的罪恶,据说邹校长那时正同一位姓商的党员热恋着,商先生在女中教政治训练。

我吵着要复学,祖父犹疑了一会,终于答应下来,只嘱咐五姑母可要严加管束。我到了学校看见校里一切都差不多,就是党国旗是崭新的,校舍也经粉刷,据说在中山公学时代,男学生都染上涂壁恶习,欢喜到处乱写标语,如"打倒烂污婊子×××"啦、"反对上课递情书"啦、"妹妹我爱你的大腿儿"啦,到处都是,尤以厕所门旁为甚。粉刷过后,虽有些地方还约略可见,但是大家也马马虎虎,好在男生已绝迹了,而门房厨子之类总是下人,癞蛤蟆怎敢吃天鹅肉,娇滴滴女学生是决不会垂青到他们身上的。

但其中值得考虑的却是男教员们,老先生辈都跟着史老先生跑了,虽经邹校长再三敦请,但他们都不肯屈居于一个年轻娘儿们之下,没奈何,请来的都是些同商先生差不多年纪的青年。有一位国文教员姓黄的,常常罩着灰色长衫,头发梳得光光,脸孔却长长的有如马面,眼睛细小,走起路来摇摇摆摆,说话三句不离冰心。他常常在教室里叹息着:"大海呀,我的母亲!"顽皮的同学应一声"在这里",却又立刻把脸涨得红了。有一次他教墨子兼爱,一面解释,一面连连摇头说:"这种古文沉闷得很,其实不必读,只有冰心的散文,真是恬静、美丽、温婉、多情……唉!"

"先生,究竟什么叫作兼爱呀?"我盯住长长的马儿般的面孔,不耐烦地问。

他很快地回答:"兼爱就是你爱我,我爱你。"

全教室同学都笑起来了,他不懂,我却懂的。以后同学们见了我便取笑:"同你讲兼爱的黄先生来了!"

他常常称赞我,说我的文章像冰心。同学中有人问:"究竟是冰心好呢？还是苏青好？"他连连眯着细小眼睛说道："现在是冰心，将来也许是苏青。"同学们笑了，我不笑，望着他长长的马儿般脸孔，心里只惹气。

原来那时女生有一种风气，便是喜欢追求男教员。有一个姓郑的英文教员，人生得并不怎样漂亮，头发中间分开，戴近视眼镜，常穿一套浅咖啡色西装，我们都叫他"红皮老鼠"。每当他上课以前，教室中空气便不同了，我只觉得空虚而冷静。我想：同学们都到哪里去了呢？后来偶尔给我发现了，原来她们都是在寝室里换袜子、擦粉。

说起来真也可怜，女中学生一律要着校服黑皮鞋，因此出奇制胜只好从一双丝袜上着想，有浅灰的，有纯黑或纯白的，也有咖啡色，但多的却是粉红。当郑先生走进教室来的时候，有的女生故意把脚伸出在座位旁，因此鞠躬时不是"立正"而像"稍息"了。而且有些人弯腰也不规则，直如杨柳般乱摆摇，仿佛在跳舞。为了郑先生，我们女中的同学居然在高喊"打倒帝国主义"之余，也大读其英文。她们常把一课书念了又念，念得顶软顶清脆，于是全教室中便如娇莺百啭，啭得郑先生心花怒放，一迭连声说："明天我来教你们演一出英文剧吧，是哥伦布发现新大陆，Colulnbus！"①结果在指派剧中角色的时候，被指定演哥伦布的并不喜欢，得意扬扬，却又假装娇羞不胜的倒是一位说白不到三五句的饰西班牙皇后的某某小姐。

至于商先生呢？虽然也相当的年轻漂亮，但是同学们都不敢惹他，因

---

① 英文：哥伦布。

为他是邹校长的意中人。为了爱邹校长之故,他便不惜和自己乡下太太闹离婚,协议不成,告到法院去。离婚的理由中有一条是说她不孝翁姑,骂鸡骂狗。法官问做翁姑的,你媳妇是否如此,商先生的父亲便回答:"我的媳妇是贤孝的,就是儿子被邹婊子迷住了,所以在说热昏话。"结果离婚不成,但商先生还是和邹校长同居的。他教我们政治训练,也常询问时事。有一次他问我一个国际问题,我答不出,他微怒道:"你平日不看报的吗?"我说:"看的。"他说:"那末看些什么呢?"我顿了一顿,便笑着回答道:"看的是请求离婚不准。"他大怒了,一言不发,胸脯挺起来,穿着中山装真是神气得很。我有些羡慕邹校长,也有些妒忌她。

真的,我们在校中看男性的机会是太少了,但被看的机会却多。在一切民众集合的场合中,我们总是被叫去唱党歌的,那时大多数民众还唱不来党歌,而要请女中挑十几个人来代唱。我的身躯生得矮小,站在最前排,尖着嗓子喊唱。唱毕之后,便是主席读总理遗嘱,有些主席读不出了,或读过又读时,我真替他着急,恨不得滚瓜烂熟地替他代背出来才好。有时候开会完毕后还有余兴,男校是演剧、打拳,或变些化学戏法,而女校则一定担任最受欢迎的节目,便是跳舞。

我记得当时常演的话剧总不外乎《复活的玫瑰》《南归》《孔雀东南飞》《三个叛逆的女性》《咖啡店的一夜》《青春的悲哀》等等,跳舞则是"三蝴蝶""海神舞""落花流水"等为多,那些会跳舞的同学,平日常以美人自居,扭怩作态,校服做得特别小,紧包着身体,而裙子又奇短,吊在离膝差不多有二三寸高处,只遮住个屁股,害得五姑母横眉怒目,恨不得把它一把扯下来才好——但是毕竟没有扯,因为扯下来以后虽然盖住膝头却又遮不牢屁股了,那还了得?

不久,济南事件发生了,于是我们便不再跳舞,而是出外调查某货。国货与某货分不出来,我们只拣花样美丽的给它们贴上封条,急得商人叫苦连天。我们出去调查,是学联会领导的,学联会又听党部指导,有时也合作。商先生差不多天天与我们碰头,不久他终于爱上了与我们与同行的一个女生,名叫张剑英,他写信给她说:"剑英先生,怎么你的回信还不来?真把我盼望死了,人家说望眼将穿,我是连肩膀也望穿了……"这封信终于落到我五姑母手中,五姑母把它战栗地递给邹校长,邹校长一言不发。

第二天,邹校长便气愤愤地在纪念周上报告我们说:"商先生因为调查工作太忙,现在政治训练改请何先生教了,请诸位当心听讲。"云云。但是再过几天以后,邹校长却又在纪念周上报告我们说:"我近来因为身体不大好,已经向教育局辞职了,新来的是一位刘校长,请诸位……"云云,据说她辞职的原因是为了商先生同她捣蛋。

刘校长的第一件德政便是留住我五姑母。他原是女子师范的旧教员,生得矮胖身材,白麻子,两颗门齿尽管往外扒。他的年纪大概有40多岁了,态度严肃,使人见了就不敢大放肆。学生们因为畏忌之故,常有人恨恨地在背地唤他为"刘麻"而不名。更因其腹部凸出,走起路来大摇大摆,也就有戏呼之为"十月怀胎"者,不过女孩儿们毕竟脸嫩,提起有关生育的话来未免羞人答答的,因此这个绰号便远没有前者之被叫得响亮而且普遍。

且说那位刘校长是在我级教算学的,从民国十七年秋季开学起,一本段育华著的初中混合算学第五册,教来教去还不到 10 页,原因是他一上课堂便训话,训的无非是不要被"共产党徒"利用云云。他来上课的情形是这样的:先是上课钟还没有敲毕,他便凸着肚子大摇大摆走进来了,于是我们乱哄哄地跑着跳着找座位,他只不声不响地站在讲坛上,目光四射。等我们大家都站定了,这才恭恭敬敬一鞠躬,若有人不理会,他便用眼睛盯住她,却不喊出她的名字来,一面对全级同学道:"这回不算数,再鞠一次躬。"于是不理会的也只好赧然站起来了。

鞠躬使他满意以后,这便捧起算学书来,故意装出要翻的样子,于是同学们也忙着翻,有的不知是第几页,只用眼睛朝着他瞧,他却忽然露出笑容来了,合拢书本子说:"且慢着翻,我还要训话哩。"接着他便说下去了:"第一件,女大当嫁是必然的,同学中要是谁有未婚夫来了,大家千万别跟出去瞧,有一次我瞧见有一位同学的未婚夫来看她……"他一面说,一面把眼光转向卢月香身上,卢月香的脸马上涨得全都红了,这不仅是含羞,也带着不少愤怒的成分在内,于是我就代她解释道:"那不是她的未婚夫,是朋友。"不料刘校长却倏地板起面孔道:"若不是未婚夫就请他以后少到这里来吧,要交朋友切磋学问,这里的女朋友可是多得很哩,还有各位教师,又何必找外面男人去?"说得卢月香的脸几乎凝成紫块了,他才慢慢改变话头：

"总之，这件事情不大好，以后要改过……第二，学生会既已改为学生自治会了，范围自应缩小。学联会的命令虽该接受，但差不多的地方只要派几个代表去敷衍下便了，犯不着全体出席，招摇过市，白白给人家品头评足……"

"评也只得由他们评去，难道我们就因噎废食？"有位同学轻轻地提出抗议。

于是我也得意地自言自语道："而且他们会品我们，难道我们就不会品品他们吗？"话犹未毕，只见刘校长在上面猛然变了颜色，怒气冲天地用力把讲桌一拍，大喝道："谁在说话？站起来！"于是我们都低下头去了，眼中含泡泪，连瞧也不敢再瞧他一下。

"要说话的站起来呀！"他再怒吼一声，唾液飞溅，我坐在最前排，亲承謦欬，不禁打了几个恶心。

"没有人说话，"他顿了一顿，声音马上和缓起来，"那么大概是我听错了。——总之，你们应该以学业为重，一切集会还是少参加为是。"

然而集会究竟是必须有人参加的，刘校长也不能十分违反潮流。他对于这些党部或民众团体等虽然敬而远之，但总也不能不稍为敷衍，敷衍的办法就是牺牲代表。最可惜的，便是我当初因得过几次演讲会的奖，便被推定为出席代表了，出席代表去出席任何集会，从前本来是不当缺席论的，但自刘校长接任后，便改为"作请假论"，于是我便无缘无故地每学期要缺上几十点钟课。这事我现在认为可惜,但其时却得意扬扬,为团体而牺牲,有什么不好向自己解释呢?

于是我直着喉咙在小教场民众大会的演讲台上嚷,嚷些什么呢?已经记不清楚了,大概总是"解放!解放!"之类罢了。但我却永不能忘记那时怯怯上台的情形,心是抖动着,嘴唇跟着抖,但是拼命要装得镇静,在十几个党部代表、工会代表以及武装同志的身旁钻过去,一个矮而瘦小的女孩子,蓬松的头发向右脸一甩一甩的,眼睛只露出一只,却要正视着台下数千的民众!我来不及想象人们对我的印象如何,批评如何,只是努力把自己的喉咙提高来喊,播音机是没有的,地方又是广场,因此声音便逼成尖锐刺耳的了,但也管不得由它去,喊完了下来,这才透出一口气,心中如释重负,马上又觉得自己英雄起来,几乎成为宇宙中心,想来女人以稀为贵,今天哪有人不在啧啧称羡自己的呢?

意外得到的报酬是:一个40多岁的武装同志接连给我写来了三四封信,每封信内都会有他的近作白话诗,最后一首我还有两句记得,是:"病了的孤雁哀鸿,希望在你的心中觅个葬身之宫!"这可把刘校长及五姑母都吓坏了。他们把我悄悄地唤到校长室,屏退仆役,掩上门。他的脸色很严肃,沉默了半晌,说:"自由恋爱我也赞成,不过这位队长的年龄似乎太大了,他已有40多岁,而你只有14岁。还有,他是广东人;还有……"他说到这里,我已经给吓得哭了,但五姑母却又面如死灰般急急摇手阻止我,一面又蹑手蹑足地走到门缝边去瞧外面可有什么人在听,结果当然是没有,她这才如释重负般对我低斥道:"还要哭?这种事情给人家知道了好听吗?……现在快别提了,以后不许再当什么代表,赶紧装病辞职……"她愈说愈兴奋,声音也就高了起来,这次却是刘校长摇手把她止住了,觉得过于逼我也没有用,况且就信中的话看来我实在也是无辜的,又不曾回复过他半个字,他尽管要写信来,叫我可有什么法子呢?而且这种人在学校方面也是不便得罪他的,以后只要关照门房,有人来访苏小姐就说本校从来没有此人;若是来信呢,对不住就原封退回……事情也就到此为止了,以后我便给关禁在校内,直到 10 月 10 日国庆纪念提灯会那天。

我校接到参加提灯会的通知,是在国庆前三天下午,因为灯笼须各校自备,大会筹备处不能贴钱供给。我们得知这个消息,真是兴奋极了,上课时纠纷向各教员打听,征询他们的意见可预备参加。然而一些消息都没有!校长办公室静悄悄地,不闻传出准备参加的通知;总务处办公室也静悄悄地,不见有人去购买灯笼,这可是怎么办呢?看看挨到国庆前一日了,热心的同学们便怒骂起来:"不预备庆祝国庆了吗?亡国奴!"

——大家谁不愿当亡国奴就得参加!

——没有灯笼也成呀,搓条纸卷儿燃起火把来不就成了吗?

——向刘校长质问去!

——向刘校长请愿去!

——……　……

结果是由学生自治会主席召开执行委员会临时会议,再由执行委员会临时会议议决召开全体大会。全体大会议决推出七个代表来向刘校长请愿,真糟糕,苏青又是其中之一。

这次刘校长却是且不理别人,只对着我一个训话了:"苏青,你不记得过去这次事情了吗,深更半夜,一大群女孩子提灯笼出去,哼,——苏青,人孰无过,过而不改……"说到这里,他的头便大摇特摇起来,似乎觉得我这个人真有些不知羞耻似的,但是我当时委实被一团高兴弄糊涂了,见众代表都不开口,只得涎着脸说:"但是,刘先生,去开会的人正多着呢!"

"人家是男人呀!"

"难道女人就不是人吗?"我的男女平等理论又提出来了。

刘校长叹一口气,说:"女子要出去就得有人保护……别笑! 你们不懂事,没人保护是不成功的。"

我的眉毛剔起来了,其余六人也都露出愤愤不平之色,校长室外探头探脑地满是围拢过来瞧动静的人,她们察言观色的仿佛知道我们已碰了钉子,大家就在外面切切擦擦地私语起来,有几个胆大的还放大声音喊:"我们要去! 要去!"刘校长慢慢站了起来,摇摆着向门口走去,门外的人都笑着跑了,脚步凌乱地。他这才又踱回来,顿了一顿,严肃地向我们说道:"你们一定要去,也可以。我请几位先生保护着你们去吧,不过你们要听话。——国庆是应该欢喜的,我爱民国。但是,唉!"他沉默了一会儿,我们见目的已经达到,便也不理会这些,只鱼贯退了出来,报告众同学去了。

果然,第二天上午总务主任马先生忙着亲自去购办灯笼了,晚饭提早半小时,整队出发。立正,报数完毕,足足有467人,于是矮的在前,高的在后,灯笼红绿相间,蜿蜒街衢间,看热闹的人愈来愈多了,流氓们高声说笑:

"这么多的鸭屁股,倒着实好看。"

"这些姑娘们只要给我两三个也够了。"

"那个好看呀!这个丑死了。"

"瞧,她们在笑哩!"

"瞧,她们在摸自己的……呢!"

说得大的女同学们都把头来低了,小的歪头嘻嘻笑,体育教员吴先生穿着紫红旗袍,短齐膝头,背上还搭块金黄与黑相间成条的大围巾。阳历十月裹围绒巾本来嫌早些,但是吴先生身躯素来娇弱,今年还只有17岁,刚从上海××女体专毕业回来的,因此穿得特别漂亮。"这个是谁?"路人们开始注意她了,"是校长的女儿吧?"

"也许是小老婆!"

吴先生听了啐声:"要死!"脚下高跟鞋一滑,就跌倒了。总务主任马先生赶快来扶,但她仍痛得走不动,他只好挽着她走,于是队伍中又开始切切擦擦起来,说他们是"两老"(即宁波话夫妇之意),又说他们在"体贴"了。

大家到了中山公园。

于是开会、读遗嘱、演说、喊口号，最后才轮到提灯游行。先是党部代表、机关代表、孤儿院音乐队、各民众团体代表，最后才是整千整万的学生。次序是省立 X 中在先，县立工校、商校次之，我们女中也是县立的，依理可以接上去了，但是率领的马先生们却羞涩涩的，趑趄不前，惹得几个教会中学都不客气地抢上来了，别的私立中学也不甘落后，我们终于成了殿军。幸而其时还有几个妇女协会代表不愿混在别的男人团体当中，诚心诚意来找我们合队，当然我们就让她们在先，自己跟着。

浩浩荡荡的提灯会就此开始了，先是队伍从公园大门口出来，瞧热闹的人们早已万头攒动。那些游行的人也兴高采烈，有说有笑，有的还互相扯耳朵恶谑。后来还是指导的人看着太不像样了，便道大家不许扰乱秩序，还是跟着音乐队唱几只歌吧，于是先唱党歌，再唱"打倒列强！打倒列强！除军阀！除军阀！国民革命成功，国民革命……"唱着唱着走到园门口了，"轧女学生呀！"一阵乱糟糟的声音响了起来，我们有些吓，但也有些感到莫名其妙的得意。然而情形愈来愈不像样了，不三不四的男人横闯直撞穿入队伍来，有的拧胖女学生一把腿，有的咧着嘴巴嘻嘻笑，样子又下流又令人作呕，这么一来可使我们真着急了。

——哎哟，要死……

——我的灯笼烧起来啦！

——马先生！马先生！

——……　……

马先生急得满头是汗，一面高喊诸位不要慌，朝前走，朝前走！总算前面也得知了，一会儿不知从什么地方找了来十几个警察，朝着流氓们吆喝要打，这才使存心揩油的人不得不适可而止，纷纷退出，又是一阵骚乱，女学生们恐怕警棍敲过来殃及池鱼，嚷呀嚷的说要当心，声音还带些哭。惹得警察们也捏着喉咙说："您甭怕，我的棍子怎舍得触您，放心得哩！"说得吴先生满脸通红，紧紧扯着马先生的袖子低声说："快逃回学校去，快！"女学生们也没有主张了，只得纷纷脱离队伍，携着轧扁的、烧毁的、甚至只剩一根竹竿儿了的灯笼垂头丧气逃回校去。刘校长是顽固的，然而这个社会却也实在开通不得。

自从我们参加提灯会被搅乱，因而证明刘校长的"先见之明"以后，同学当中也就分成两派：一派是认为刘校长上了年纪的人毕竟有见识，只是心中佩服，嘴里却也不好意思直说出来的；一派是同我差不多的人，自己也并没有什么高深或正确的见解，只是对这件新鲜玩意儿失败，有一种莫名其妙的偏不服气心理。瞧，刘校长的神气是多么的得意扬扬——不，简直有些幸灾乐祸样子。他满脸假正经假慈悲地以家长自居，而把我们当作不懂事的小孩子，一面故作沉痛地说道："我也赞成男女平等，不过……"或者说："我也希望学生爱国，不过……"横不过，竖不过的，我们这批学生子弟，就得像被网的鱼儿般给关在死水池子中了。假如谁敢哼出一声不愿来，就是天生骨头轻，喜欢提着灯笼找野男人去给他们摸呀摸的。

五姑母也常掀起鼻孔对我哼："阿青，你这个人呀，就是聪明不肯正用。譬如刘校长昨天就对我说起……总之,他很替你可惜。从此你得冷静些儿才好!"

发愤用功吧,冷静些儿! 然而,天晓得,读些什么好呢? 国文教师程先生是个红鼻子酸秀才,又脏,站在讲坛上嘟的擤出一大串鼻涕来,没有手帕儿揩,只把分剩的讲义纸搓成团来拭了,污纸就塞在抽屉里。算学是刘校长兼的,把难题都跳过,说是女子又不会做工程师,要懂得高深的数理干么,还是天天听他的训活要紧。英文现在也改请一位蒋先生教了,念起来声音像吃糠似的,嘶哑又生硬,听着真吃力,而且据说他又是专研究文法的,一条一条,像法律又像公式,临考时便记一下,有一次考期偶然变更了,大家透一口气,就把这些条条儿忘记得干干净净。还有一位教党义的赵先生,更是起码角色,因为刘校长说大党员老爷请不起,而且假如无意中开罪了他又吃不消,因此还是马马虎虎地找个候补货来吧,他在讲坛上简直像专供我们开玩笑似的,说到学问连运河是连贯南北抑东西的也不晓得,东方大港又弄不清楚,因此我们就叫他不必念建国方略了,还是说出来让我们笑笑,究竟你先生是不是与孙总理的跟班的儿子点过头,还是给什么省党部委员拎过皮包的呢? 他只呆笑笑,老着脸皮,一个钟头一块钱还是拿下去了。不过要是他迟到 10 分钟,我们就要喊:"扣去 1 角 8 !扣去 1 角 8 !"他也像过意不去,只好苦着脸哀求我们:"大家马虎些吧,小考我给你们范围。"不过最后一次他却是醉醺醺的踏了进来,而且听到我们喊"扣去 1 角 8"似乎不屑似的剔起眉毛一笑,他讲他的东方大港及运河，我们嚷我们的，不久就换人了，后来我被学校斥退后有一次在路角碰到他，他昂然坐在包车上，车轮雪亮的，滚着滚着疾转，前面的铃尽管叮当叮当响，他阔了。

现在我得来说说自己为什么被学校斥退的事吧。民国十八年春天，不知怎的校里竟请来了一位姓徐的先生。这位徐先生年纪才不过二十七八岁，瘦削的脸，皮肤呈淡黄色，鼻上架着白金丝边眼镜。他的说话声音不高，可是举止很安详，使人见了肃然起敬。他教的课程是历史，可是他说古代的事少知道些也罢，只把从前社会的大概情形弄明白了，历代皇帝姓谁名谁休管他娘，妃子的姿色更不必说了，随后便一本正经地教起我们近百年史来。一个个昏庸无识的人物、一桩桩令人发指的事件、一条条丧权辱国的条约，他都解释得明明白白。他说我们的国家应图自强，青年力谋前进，妥协畏缩是不成的。有时候他简直讲得声泪俱下，同学们也摩拳擦掌听，下课钟打过了都不管它，不知在什么时候上课钟又响了，他还在兴奋地讲，我们也在兴奋地听，刘校长却凸着肚子走了进来。

"别管他！"我的眼睛向他一瞥，即刻回射到徐先生脸上去，希望他再讲，多多讲。

"让他去！"别的同学似乎也发觉了，但是一致的要求是希望历史课延长，算学让它去。

然而，呀的一声，徐先生也瞧见了，只得草草结束了议论，挟起点名簿就走。接着刘校长笑吟吟地踏上讲坛，照例是训话，教诲学生们该如何安分守己的读书、安分守己的做人、安分守己的吃饭下去,别自找祸殃,否则"过激分子"是不能见容于社会的,过激分子!

我们知道他指的是谁,心里替徐先生不服,偏拿话去同他反对,意见当中还透着不胜敬仰徐先生之意,他的脸色恶狠狠起来了,麻斑历历可数。但是他还不失为一个有教养的人,不肯透露自己的愤怒,只咬住下唇歪歪嘴,像在假笑,又像在狞笑。"现在,我们讲不等边多角形——"他匆匆拿起粉笔来向黑板上画了,用力画过去,粉笔啪的一声折成两截,刘校长胸中的气仿佛还未全消似的。以后遇到件不如意的事就起疑心,以为是徐先生在煽动,帮助着学生。

有一次,校中发生了罢饭事情。先是厨子太会揩油,小菜愈来愈劣,愈来愈少。一条龙头烤似的小黄鱼,七个人一桌已经每人夹不着一筷子,而且又臭,鱼肉像粉块似的。菠菜绿豆芽舍不得去根也还罢了,连泥也不忍去,吃得我们满口土气息。有时候我们也想出办法来了,把吃剩的小菜并在一起,另去找只小虫来,自然有苍蝇更好,一面七人七把筷子敲着碗喊:"膳食委员快来看哪!菜中有苍蝇。补一碗,罚一碗。"邻桌的人也加入助威,结果总是厨子忍晦气照补一碗的。后来这办法经采用得次数多了,厨子便不肯认账,说以后在每碗菜将吃未吃之前先得察看明白,有虫照换,吃过一筷便不换了。我们气不服,但经刘校长认为合理,大家便只好在暗中咕噜。不料事不凑巧,有一天大家在一桶粥快吃完时,忽有人在桶底舀起块脏抹布来,浓的焦黄的污汁已经搀透在粥里了,于是大家捏住喉咙试呕,却已呕不出这不卫生的汁液,闹饭堂便开始了。敲碗、拍桌、踢凳子,闹成一片,而厨子方面坚持的理由却是谁教你们不预先察看明白来。我们说谁又知道你会有这么坏心思呢?我们只注意到菜碗里,哪知问题又转到饭桶底了。其时刘校长便想叫厨子另换一桶粥了事,我们大家都不依,定要厨子负责保证我们以后不生胃病,又说烂了胃可不是玩的,不料刘校长陡然想起一件心事——徐先生是患胃溃疡的。

据说徐先生在读大学时代,因为他有一位爱人在中学念书,一切费用都是由他供给的,他自己也是贫寒子弟,没有多余的钱可供两人花,只得奔波兼些小事以求弥补,饮食又不慎,因此渐渐成了胃病。后来且又加了心脏病,他自己觉得前途未必有多大希望了,在大学读了三年不等到毕业便跑出来做事,索性让他的爱人进大学,安心读书。刘校长从前且不管他的病,只对于他未曾毕业一点着实引为遗憾,谁知道因了我们这一次闹饭堂的事,竟发生误会,仿佛连他的胃病都是有挑拨嫌疑,有鼓励罪状的了,又是我的五姑母凑趣,她要显得自己的机灵与挖刻,便冷笑一声对我们说:"胃病倒有听说为女人牺牲而起的,未曾听说因吃粥而起的。"于是我们便愤不吃粥,大家跑出饭堂,跑进寝室里装病。不久五姑母又奉命来锁寝室了,我们都站在走廊及天井里,咬牙切齿,有的还捧住肚子哎哟哟喊不得了,看看挨过午刻还没有结局,于是校役老王及吴妈之流便分批被差遣出校门口小糖果店买面包去,到了下午3时半光景,才由刘校长出钱买面给我们吃,并讲好明天罚厨子每桌加一碗肉,但徐先生却因此气得病倒了。

徐先生是孤身住宿在校里的,病倒的时候,自刘校长起没有一个教员去看他,饮食也没人照料。于是我们便商量约聚了十几个同学分批去瞧他,但是五姑母传刘校长的话:"女生不得进男教员宿舍。"后来我们聚了钱购鲜花及面包饼干等,叫校役老王送去,这该是没有什么嫌疑的了,谁知刘校长又借故发落老王,从此老王便不肯替我们拿过去了。后来徐先生进了医院,我们先不知道,过了一星期多才探听确实,大家又纷纷请假出去探视,这个原因终于给五姑母发觉了,同刘校长两人愤怒非常,乃关照辅导处平日不得允许学生请假出校。到了某一个星期日,我们索性集合了一百多人齐向那医院跑去。谁知五姑母及其他好几个辅导处先生却早已等候在院门口,说是医生关照过的,徐先生患心脏病很重,需要静养。而刘校长又说这许多女生赶着瞧一个年轻男教员是要给人家传为新闻的,我们都拥进医院门口说:"我们不怕给人家当作新闻,只要见着徐先生一面。"只见他们切磋了一会儿,结果由五姑母开口告诉我们说:实在为着徐先生的病快好起见,不应该太吵扰他,叫我们各级推出两个代表来再说吧。

我们回到校里,因为是星期日,有许多同学都离开了,召集不成会。到星期一推出代表来时,辅导处坚持不放出校,说要等到下星期日再说。我不幸这次竟被推为代表之一,有时候五姑母碰到我们时,就带着鄙夷的口吻说:"人家徐先生是有爱人的,他这次病得厉害,刘校长已拍电报去叫她来了,要你们起劲些什么?"又说:"徐先生平日看看闷声不响,其实骗女人本领倒不错,所以有这许多女学生拥护他。"种种不堪的话,说得我们更愤怒起来。

终于在一个雨蒙蒙的早晨,校中布告处贴出一张纸条说是"本校教员徐某某先生,因病逝世,所以初中各级历史课程,即日起改由程某某先生代授"云云,好一个擤鼻涕的老先生,从此讲桌抽屉里更要塞满脏讲义纸了。我们不愿老听"自从盘古开天地,三皇五帝定乾坤"的故事,我们要知道这个世界、这个社会、这个国家、这个时代中人们所应做的事。历史是一面镜子,我们要照出活生生的人,不要专看太古的骷髅。纪念徐先生呀!

然而学校当局不许。治丧是他的爱人的事,校长只不过送一副挽联,他的爱人收到了也没有悬挂,因为她根本无力替他治什么丧,开什么吊,只买口棺木把尸身装进去放在会馆里就算了。却是我们大家提议召开临时学生大会,校长也派人列席了,建议叫我们学生自治会出面也送一副白竹布挽联,句子可请程先生代撰,我便在当时啐了一声:"呸!别猫哭老鼠了。"学生会主席朝我看一眼。后来又有许多人立起来大骂学校、校长、主席说是暂时散会,改日再议吧,我说:"散了拉倒,人已经死了,这种会本来也是不需要开的。"然而又有人站起来做好做歹的,继续讨论下去,最后总算议决两条:一是全体学生在发上缀一朵绒花;二是这学期不再上历史课。然而列席的几位先生说这个学校可不能答应。

那时主席便接着说:"既然承几位先生指导说是不可以的,我想不如把第二条议决案打消,第一条戴白花的事,就向校长请愿,求其答应吧。"我说:"议决案怎么可以任意打消?戴白花与否乃各人自由,为什么要向校长请愿?"许多人都赞成我的说法,主席便赌气说:"那么请苏青君来做主席吧,我能力薄弱,不干了。"说时眼泪都流下来。大家闹哄哄地说就推苏青做主席把,也有人嗤她说多眼泪的人原不配做主席,但是我当然不肯上去,几个列席的先生也说主席推定了不可更改,结果会便无形地散了。

第二天,我们都不肯上课,继续要开会。刘校长坚持非先上课不可,主席又推病不肯召集,于是学校中便变成无形的罢课。到了晚上刘校长把我们几个当初被推为探望徐先生的病的代表喊去,说是你们先服从校规去上课,其余的人自然也肯跟着上了。我们便说:"死不肯上课的并不是我们这几个人,为什么现在要我们先去上课?"刘校长说:"不是你们在帮着徐先生鼓动风潮,人家怎么会推你们做代表?"我们便说:"第一,徐先生就并未鼓动过什么风潮;第二,我们就被推为探病代表,这次也没有先行上课的义务。"最后刘校长便用威吓口吻对我们说话,我们也不甘退让,结果不欢而散。走出校长室的时候我们碰到那位学生自治会主席,我说:"此刻你的病好了吗?"她走上前来假装诚恳地拉着我的手道:"我看大家还是暂时先上课再说吧,否则恐怕要牺牲,刘校长问我要名单,说是谁在鼓动风潮哩!"

到了星期日早晨,那天本来是议定由我们各级代表去探望徐先生病的,现在徐先生已经死了,只剩下布告板上的一张布告在晃动着。使人奇怪的是这张布告旁边另有一张字体较密的布告贴出来了,那就是开除我们这些代表的,开除的罪名是鼓动罢课,又说是受人煽惑! 这个煽惑的人大概是指徐先生吧,可惜他已经不存在于这嫌疑的世间了。

以后风潮还是继续下去,而且更扩大,然而解决的办法只不过是将区区布告收回,历史改由另一位姓文的教,我们则由开除而算是自动退学罢了。其实这事情在我们还是一样的牺牲,一张初中文凭快到手了的,白白又因此失去。

那位做主席的女生不久就拜了刘校长做她的干爸爸,第二年毕业时又考了第一名。

我想:波涛汹涌起来了,人是没法使它平静下来的;水像死样不动的时候,人要掀起浪来也难。且让一切都听诸自然吧,暴风雨快来了,我兴奋着;它过去了,我仍旧茫然剩留在寂寞大地上。

(原载于 1944 年 1 月 10 日、2 月 10 日、3 月 10 日《天地》第 4、5、6 期)

苏 游 日 记

2 月 12 日

早晨实斋来,穿着雨衣,我说:"怎么样,下雨了吗?"他没精打采地回答道:"是呀,苏州恐怕去不成了。"

但是结果我们还是动身,车中与文载道君并坐,谈谈《古今》《天地》,不觉到了苏州。

游拙政园毕,我只有两个感想:第一便是园中最好不站警察而由女侍代之;第二便是此园太荒凉了,夜行不免怕鬼。

晚上在鹤园吃饭,吃完了饭,到乐乡饭店,听樊素素说书。樊素素相当海派,回眸一笑,百媚横生,弹琵琶姿势也好。

2 月 13 日

上午游灵岩山,在××寺中瞻印光法师像,并观舍利。进去时,大家端肃跪拜,像煞有介事,我想恐怕同行诸人中连法师大名都不知道的也有吧，我只在弘一法师《永怀录》中见到过他的名字，但是此外也便什么都不知道了，虽然随众一脸正经的拜下去，心里总有些莫名其妙。

外室有法师手书训诫，大意无非劝人为善，中有几句话颇有些那个，他说的是："极乐世界，无有女人，女人畜生，出生于此，皆现童男身。"（大意如此）于是我怫然跑到天井中，看黄狗舔屁股，谭惟翰君也出来了，笑着指狗向我说道："此地只要它与你一离开，便是极乐世界了。"我也骂他嚼舌头，死后烧掉时一定没有舍利的。

中午在石家饭店进膳，豆腐羹果然鲜美，但是仔细一想，一则游山饿了，二则也许是味精放得多，吃时设非有于右任知堂诸人诗句提醒，恐怕囫囵咽下了亦未必细细辨味，即辨味亦未必一定敢说比其他各家馆子所做的鲜好几分或几度也。但大体说来，这家的菜是不错的。

席上向汪正禾先生索稿，汪先生命先喝酒，乃一饮而尽，不觉即醉。下午去天平山，不得不坐轿子，在轿中睡了一觉，途中风景不详，抵山时尚醉眼蒙眬，爬到一线天时，才感到危险，稍为清醒一些。归途中抬轿女人絮絮索小账，游兴为之大减。

晚上大家聚坐打扑克，连钱锦章说书也无心听了，归寝已 3 时余矣。

2 月 14 日

实斋先回沪，文载道君又倦又乏力，今天去虎丘的人便少了。留园西园都走遍，佛像上有些金都给刨去，我想：将来战争下去，这些金屑不知是否将受统治？而寺中铁香炉等物，不知要不要收买？若然，岂不是和尚大倒霉了。

夜里又打扑克,有的人连眼睛都睁不开,有的人喉咙也哑了,但都不肯罢休。我想,何苦来呢,要打扑克,难道上海不好打,又何必巴巴跑到苏州来呢?

2月15日

今天汪先生陪我们去参观古迹,先到沧浪亭,访沈三白旧址,就有人拍照为证。沧浪亭风景很好,但风景很好的地方多得很,大家为什么一定要拣有名的地方来呢?这大概也同爱嫖名妓一般,一则是盲从心理,一则是虚荣。因此游山必天平灵岩,而自己屋附近的后门山前门山便不愿瞩目了。而《浮生六记》尽可不读,三白(即误记为三黑也可)的旧址则看看也好。因此在古碑之旁,就大书"翠贞你真美呀!"或"张国耀到此一游"等等,以冀名垂不朽,至少可以自己安慰自己说不虚此行了。而我们呢?惭愧得很,看这些歪句的兴趣实在比看古碑高,只是不忍辜负汪先生殷殷指导好意,只得含颔点点头,伸手向碑上一摸,算是懂得了。

曲园故址是从裁缝店里进去的,里面都是蛛网尘迹,不堪入目。春在堂中凄凉万状,所谓曲园也者,还不及我的乡下家中后庭耳,此屋现由洪钧侄媳住着,堂中有一架旧钢琴,据说是赛金花弹过,真是人亡物在了。我见了别的倒不会感慨,就是在省立图书馆中见了这许多旧书,倒有些觉得人寿几何。这些书如何读得完呢?汪先生说:"又何必要读完它们!"

在去狮子林的途中,又去瞻仰章太炎先生墓。太炎先生的文章我一篇没有读过,关于他的传说倒看得不少,因此对之颇有敬意。汪先生站在他的墓前深深一鞠躬,他的蓬乱的头发飘动起来了,更加蓬乱,我觉得他的学者风度着实可爱。

我希望古老的苏州也能像汪先生般一样保持着自己的风度,不要被标语及西洋或东洋化建筑物破坏了固有的美点。

（原载 1944 年 3 月《杂志》月刊）

外婆的旱烟管

外婆有一根旱烟管,细细的、长长的、满身生花斑,但看起来却又润滑得很。

几十年来,她把它爱如珍宝,片刻舍不得离身。就是在夜里睡觉的时候,也叫它靠立在床边,伴着自己悄悄地将息着。有时候老鼠跑出来,一不小心把它绊倒了,她老人家就在半夜里惊醒过来,一面摸索着一面叽咕:"我的旱烟管呢? 我的旱烟管呢?"直等到我也给吵醒了哭起来,她这才无可奈何地暂时停止摸索,腾出手来轻轻拍着我,一面眼巴巴地等望天亮。

天刚亮了些,她便赶紧扶起她的旱烟管。于是她自己也就不再睡了,披衣下床,右手曳着烟管,左手端着烟缸,一步一步地挨出房门,在厅堂前面一把竹椅子里坐下。坐下之后,郑妈便给她泡杯绿茶,她微微呷了口,马上放下茶杯,衔起她的长旱烟管,一口一口吸起烟来。

等到烟丝都烧成灰烬以后,她就不再吸了。把烟管笃笃在地下敲几下，倒出这些烟灰，然后在厅堂角落里拣出三五根又粗又长的席草来把旱烟管通着。洁白坚挺的席草从烟管嘴里直插进去，穿过细细的长长的烟管杆子，到了装烟丝的所在，便再也不肯出来了，于是得费外婆的力，先用小指头挖出些草根，然后再由拇食两指合并努力捏住这截草根往外拖，等到全根席草都拖出来以后，瞧瞧它的洁白身子，早已给黄腻腻的烟油沾污"得不像样了。

　　此项通旱烟管的工作，看似容易而其实繁难。第一把席草插进去的时候，用力不可过猛。过猛一来容易使席草"闪腰"，因而失掉它的坚挺性，再也不能直插到底了。若把它中途倒抽出来，则烟油随之而上，吸起烟来便辣辣的。第二在拖出席草来的时候，也不可拖得太急，不然啪的一声席草断了，一半留在烟管杆子里，便够人麻烦。我的外婆对此项工作积数十年之经验，做得不慌不忙，恰能如意。这样通了好久，等到我在床上带哭呼唤她时，她这才慌忙站起身来，叫郑妈快些拿抹布给她揩手，于是曳着旱烟管，端着烟缸，巍颤颤地走回房来。郑妈自去扫地收拾——扫掉烟灰以及这些给黄腻腻的烟油玷污了的席草等等。

　　有时候，我忽然想到把旱烟管当作竹马骑了，于是问外婆，把这根烟管送了阿青吧？但是外婆的回答是："阿青乖，不要旱烟管，外婆把拐杖给你。"

　　真的，外婆用不着拐杖，她常把旱烟管当作拐杖用哩。每天晚上，郑妈收拾好了，外婆便叫她掌着烛台，在前面照路，自己一手牵着我，一手扶住旱烟管，一步一拐地在全进屋子里视察着。外婆家里的屋子共有前后两进，后进的正中是厅堂，我与外婆就住在厅堂左面的正房间里。隔条小弄，左厢房便是郑妈的卧室。右面的正房空着，我的母亲归宁时，就宿在那边；左厢房作为佛堂，每逢初一月半，外婆总要上那儿去点香跪拜。

经过一个大的天井，便是前进了。前进也有五间两弄，正中是穿堂；左面正房是预备给过继舅舅住的，但是他整年经商在外，从不回家。别的房间也都是空着，而且说不出名目来，大概是堆积杂物用的。但是这些杂物究竟是什么，外婆也从不记在心上，只每天晚上在各房间门口视察一下，拿旱烟管敲门，听听没有声音，她便叫郑妈拿烛前导，一手拐着旱烟管，一手牵着我同到后进睡觉去了。

但是，我是个贪玩的孩子，有时候郑妈掌烛进了正房，我却拖住外婆在天井里瞧星星，问她织女星到底在什么地方。暗绿色的星星，稀疏地散在黑层层的天空，愈显得大地冷清清地。外婆打个寒噤。拿起旱烟管指着前进过继舅舅的楼上一间房间说着："瞧，外公在书房里读书作诗呢，阿青不去睡，当心他来拧你。"

外公是一个不第秀才，不工八股，只爱作诗。据说他在这间书房间，早也吟哦，晚也吟哦，吟出满肚牢骚来，后来考不进秀才，牢骚益发多了，脾气愈来愈坏。有时候外婆在楼下喊他吃饭，把他的"烟士批里纯"①打断

---

① 英文"inspiration"的音译，即"灵感"

了,他便怒冲冲地冲下楼来,迎面便拧外婆一把,一边朝她吼:"你这……这不贤女子,动不动便讲吃饭,可恨!"

后来拧的次数多了,外婆便不敢叫他下来吃饭,却差人把煮好的饭菜悄悄地给送上楼去,放在他的书房门口。等他七律两首或古诗一篇做成了,手舞足蹈,觉得肚子饿起来,预备下楼吃饭的时候,开门瞧见已经冰冷的饭菜,便自喜出望外,连忙自己端进去,一面吃着,一面吟哦做好的诗。从此他便不想下楼,在书房里直住到死。坐在那儿,吃在那儿,睡在那儿,吟哦吟哦,绝不想到世上还有一个外婆存在。我的外婆见了他又怕,不见他又气(气得厉害),胸痛起来,这次他却大发良心,送了她这杆烟管,于是她便整天坐在厅堂前面吸烟。

"你外公在临死的时候,"外婆用旱烟管指着楼上告诉,"还不肯离开这间书房哩。又说死后不许移动他的书籍用具,因为他的阴魂还要在这儿静静的读书做诗。"

于是外婆便失去了丈夫,只有这根旱烟管陪她过大半世。

不幸,在我6岁那年的秋天,她又几乎失去了这根细细的、长长的、满身生花斑的旱烟管。

傍晚,我记得很清楚,她说要到寺院里拜焰口去哩,我拖住她的两手,死不肯放,哭着嚷着要跟她同去。她说,别的事依得,这件却依不得,因为焰口是斋闲神野鬼,孩子们见了要遭灾殃的。于是婆孙两个拉拉扯扯、带哄带劝地到了大门口,她坐上轿子去了,我给郑妈拉回房里,郑妈叫我别哭,她去厨房里做晚饭给我吃。

郑妈去后,我一个人哭了许久,忽然发现外婆这次竟没有带去她的几十年来刻不离身的旱烟管。那是一个奇迹,真的,于是我就把旱烟管当竹马骑,跑过天井,在穿堂上驰骋了一回,终于带了两重好奇心,曳着旱烟管上楼去了。

上楼以后,我便学着外婆样子,径自拿了这根导烟管去敲外公书房的门,里面没有声响,门是虚掩的,我一手握烟管,一手推了进去。

书房里满是灰尘气息,碎纸片片散落在地上、椅上、书桌上。这些都是老鼠们食剩的渣滓吧,因为当我握着旱烟管进来的时候,还有一只偌大的老鼠在看着呢,见了我,目光灼灼地瞥视一下,便拖着长尾巴逃到床底下去了。于是我看到外公的床——一张古旧的红木凉床,白底蓝花的夏布帐子已褪了颜色,沉沉下垂着。老鼠跑过的时候,帐子动了动,灰尘便掉下来。我听过外婆讲僵尸的故事,这时仿佛看见外公的僵尸要掀开床帐出来了,牙齿一咬,就把旱烟管向前打去,不料一失手,旱烟管直飞向床边,在悬着的一张人像上撞击一下,径自掉在帐子下面了。我不敢走拢去抬,只举眼瞧一下人的图像,天哪,上面端正坐着的可不是一个浓眉毛、高颧骨、削尖下巴的光头和尚,和尚旁边似乎还站着两个小童,但是那和尚的眼睛实在太可怕了,寒光如宝剑般,令人战栗。我不及细看,径自逃下楼来。

逃下楼梯,我便一路上大哭大嚷,直嚷到后进的厅堂里。郑妈从厨下刚捧了饭菜出来,见我这样子,她也慌了。我的脸色发青,两眼直瞪瞪的,没有眼泪,只是大声干号着,郑妈抖索索地把我放在床上,以为我定在外面碰着了阴人,因此一面口念南无救苦救难观世音菩萨,一面问我究竟怎样了。但是我的样子愈来愈不对,半天,才断断续续地进出几个字来:"旱烟管……和尚……"额上早已如火烫一般。

夜里,外婆回来了。郑妈告诉她说是门外有一个野和尚抢去了旱烟管,所以把我唬得病了。外婆则更猜定那个野和尚定是恶鬼化的,是我在不知中用旱烟管触着了他,因此惹得他恼了。于是她们忙着在佛堂中点香跪拜,给我求了许多香灰来,逼着我一包包吞下,但是我的病还是没有起色,这么一来可把外婆真急坏了,于是请大夫啦,煎药啦,忙得不亦乐乎。她自己日日夜夜偎着我睡,饭也吃不下,不到半月,早已瘦得不成样子。等到我病好的时候,已经是深秋了。

郑妈对我说:"阿青,你的病已经大好,你现在该快乐了吧。"

她对外婆也说:"太太,阿青已经大好,你也该快乐了吧。"

但是我们都没有快乐,心中忽忽若有所失,却不知道这所失的又是什么。

不久,外婆病了。病的原因郑妈对她说是劳苦过度,但——她自己却摇摇头,默不作声。于是大家都沉默着,屋子里面寂静如死般。

外婆的病可真有些古怪,她躺在床上不吃也不哼,沉默着,老是沉默着……我心里终于有些害怕起来了,告诉郑妈,郑妈说是她也许患着失魂症吧,因此我就更加害怕了。

晚上,郑妈便来跟我们一个房间里睡,郑妈跟我闲谈着,外婆却是昏昏沉沉的似睡非睡。郑妈说:这是失魂症无疑了,须得替她找着件心爱的东西来,算是魂灵,才得有救。不然长此下去,精神一散,便要变成疯婆子了。

疯婆子,多可怕的名词呀! 但是我再想问郑妈时,郑妈却睡熟了。

夜,静悄悄地,外婆快成疯婆子了,我想着又是害怕,又是伤心。

半晌,外婆的声音痛苦而又绝望地唤了起来:"我的旱烟管呢? 我的旱烟管呢?"接着,窸窸窣窣地摸了一阵。

这可提醒了我的记忆。

郑妈也给吵醒了,含糊地叫我:"阿青,外婆在找旱烟管呢!"

我不响,心中却自打主意。

第二天,天刚有些亮,我觑着外婆同郑妈睡得正酣,便自悄悄地爬下床来,略一定神,径自溜出房门。出了房门,到了厅堂面前,凉风吹过来,一阵寒栗。但是我咬紧牙齿,双手捧住脸孔,穿过天井,直奔楼上而去。

大地静悄悄地,屋子都静悄悄的。我鼓着勇气走上楼梯。清风冷冷从我的颈后吹拂过来,像有什么东西在推我驾雾而行似的,飘飘然,飘飘然,脚下轻松得很。到了房门口,我的恐怖的回忆又来了,于是咬咬牙,一手推门进去,天哪,在尘埃中、在帐子下面,可不是端端正正地放着外婆的旱烟管吗?

带着颗喜悦的心，我一跳过去便想拾收，不料这可惊着了老鼠，由于它们慌忙奔逃的缘故，牵得帐子便乱动起来。我心里一吓，只见前面那张画着和尚的像，摇晃起来，瘦削的脸孔像骷髅般，眼射寒光，似乎就要前来扑我的样子，我不禁骇叫一声，跌倒在地。

等我悠悠醒转的时候，郑妈早已把我抱在怀里了，外婆站在我的旁边低声唤，样子一点不像疯婆子。于是我半睁着眼，有气没力地告诉她们："旱烟管……外婆的……魂灵，我已经找回来了。"

外婆的泪水流下来了，她把脸贴在我的额上，轻轻说道："只有你……阿青……才是外婆的灵魂儿呢。"

"但是，和尚……"我半睁的眼瞥见那张图像，睁大了，现出恐怖的样子。

外婆慌忙举起旱烟管击着那光头，说道："这是你外公的行乐图，不是和尚哪，阿青别怕，上面还有他的诗呢！"但是我说我不要看他的诗，我怕他的寒光闪闪的眼睛。于是外婆便叫郑妈快抱我下楼，自己曳着旱烟管，也颤巍巍地跟了下来。于是屋子里一切都照常，每天早上外婆仍旧坐在厅堂前面吸烟，通旱烟管，晚上则叫郑妈掌烛前导，自己一手牵着我，一手拿旱烟管到处笃笃敲门，听听里面到底可有声音没有。

外婆与她的旱烟管，从此便不曾分离过，直到她的老死为止。

（原载《浣锦集》天地出版社 1944 年 4 月初版）

一月来的寄宿生活

　　为了解决失业中的食宿问题，好容易给我找到了一个××妇女补习学校；该校专为成年失学的妇女们而设，每月膳宿费18元，杂费1元；而住宿者至少须选习一科，学费3元，共付进国币22元正，总比自己租屋便宜，于是报名入学，静听程度与我学生差不多的教师讲解去了。

　　当然，我是醉翁之意不在于听讲，乃在乎寝室之间，但这寝室却也简陋得可以！不很方正的一间，铺了两张床，容膝都有些勉强。朝西两扇窗，夏天晒太阳，冬天想是阴森森的了；臭虫多得怕人。至于食呢，桌大而碗小，12个人团团圆圆地坐满了一桌，肘触肘的，夹菜时得用死劲。桌上端端正正地放着四菜一汤：黄豆芽、鸡毛菜，应有尽有，很合素食运动之道；汤中飘着三五片肉片儿，真是"薄薄切来浅浅铺，厨房娘子费工夫；等闲不敢推窗望，恐被风吹入太湖"。早膳要到8时多开始出来，四碟菜中有三碟是昨天午晚两餐中匀出来的，勉强可以铺足盆底；其中唯一的新鲜佐膳品要算半条油炸桧了，可是短短八段给 12 人分配起来，至少总有四双筷落空。

学校里功课很马虎，训育却十分认真，平日校务主任把浴水不要多用哩，电灯迟开早熄哩，撒尿毋用抽水哩，种种节省物力的大道理，无不对我们一而再、再而三的海之不倦。至于热水呢，须自己拿出钱来向外面老虎灶冲去，而娘姨又千呼万唤的不肯出来，闹到训育处去准是学生吃"牌头"，谁叫黄妈和校长太太是亲戚呢！而且她也兼作校务主任的耳报神，哪个学生在外面吃饭的次数多，校务主任对她的笑容也多。

有一个星期日的晚上，我为博得校务主任的好感起见，特地约了密斯王去亲戚家晚膳；真是半月不知肉味，不禁大嚼起来。回校时黄包车夫又不作美，半途爆裂了一个车胎，就耽搁了好一会，抵校时已九点零三分，校役刚拉拢铁门。我们连忙跳下车来，摇手喊他开开，老张已把钥匙纳入锁孔了，校务主任跳出来止住："这里的规则 9 时前必须回校，你们不知道吗？"我们忙抢步上前解释，并拉黄包车夫作证，请原谅一次。

"这没有原谅，"他打着镇江官话摇摇头，"你们今晚决不能进来；随便到什么地方去宿一夜吧！要是关了铁门可以重开，学校将不胜其烦了。"

"叫我们到哪里去呢？"胆小的密斯王几乎哭了出来。

"开旅馆也可以。"校务主任拉长了脸转身过去。

我们着急了，攀住铁门喊："先生！恕我们这次吧！我们身边的钱还不够开旅馆哩。还有,晚上要浴浴,要换的衣服都关在寝室里……"

"把你们放衣服钞票的地方告诉我,我去拿来给你们。"

我们见没有挽回余地,只得把皮箱钥匙从铁门递了进去;不久他便把我们的马甲短裤等拿了出来。

"袜子还没有呢!"密斯王喊。

校务主任可真不惮麻烦,又跑进去替我们拿了两双短袜来。

"还有我……先生……"密斯王忽然想到了要换月经带,又不好开口叫校务主任再去跑一趟,只好咽住了。

这夜我们不好意思再回到亲戚家去,在马路上荡了半夜,将到戒严时才硬着头皮走进一家小旅馆。

又有一次,校长家里有喜事,全校师生都送了礼;我们是新生,没给请帖,也是不客气了。那天晚上宿舍里只剩了三个人,黄妈同老张都给喊去帮忙了,8时半还不见上饭。我们见不是事,预备自己掏腰包外面上馆子吃去,只是看看钟点已距关校门的时候不远,想起上次被拒在铁门外的苦楚,两只脚便再也不敢动弹。

"我们还是来吃些饼干吧。"密斯王提议。

我不响。站起来摇摇热水瓶,只只都空空如也。我们就饿着肚子挨过夜。

第二天早上我们就卷起铺盖,校务主任毫无挽留之意,膳费没得找,还催我们拿出仆役的赏洋来。一月来食不饱,寝不安的,出去检查一次体格,果然体重减了 5 磅,面孔黄黄的。

（原载《浣锦集》天地出版社 1944 年 4 月初版）

试 教 记

走到了××教育馆门前,我就是觉得心里头忐忑不安。说起教英文来倒也不是毫无经验,况且教材又是昨夜预备好了的,有条不紊,足够一个多钟头讲解,不安的却是不知道究竟怎样个试法?这暑期班的学生,又是哪类人居多?试教的时候是不是有许多人旁听?……

"你找谁呀?"门房拦住我问。我忙从衣袋里拿出封通知信来,抽出那张团皱了的油印信纸,把那短短几句背都背得滚熟了的话儿重又看了一遍,门房早已不耐烦了:"你也是来应征的吧?请到第六教室里来!"我赧然跟着他过去。

教室里坐了约莫二三十人,男女老幼都有,可都一些儿不像学生模样:我趑趄着不敢进去,门房又领着一个摩登女郎来了,那不是密斯张?

"呀,你怎么也在这里?"张不胜羞愧地招呼我。我也觉得万分不好意思。

"我因为暑假里闲着恹气，所以来试着玩，你呢？"涨红了脸向我解释。

"可不是为着爱瞧热闹，我对这里简直是……"我勉强装出毫不在意的样子，心里慌得厉害，仿佛做了件亏心事怕人发觉似的，苦笑了一下跟着她一同走进教室去。

教室方方的，粉刷全新，映得各人面上都罩住层浓霜似的，不活泼也不自然。我们低着头挤过桌缝，在后面第二排坐定，回头望望外面，一个，二个……门房带着轻蔑的神气陆续领了应征者进来，没好声气地对他们指了指教室门，便径自去了，剩下那个应征的，胆怯地在门口趑趄着，最后才无可奈何地硬着头皮走进里面来；他们的服装都是这样的漂亮，他们的神气却又这样的可怜。

好容易等到该馆的主事人来了，站在上面呵呵腰，照例客气两句，便自说出试教的办法。天哪，原来是要各人轮流着做学生与教员，一个人跑去上面讲，其余的就在下面听，时间限定 5 分钟。当时便有三个女的跑了。

以抽签来决定先后，我抽的是 29 号。第一号是个穿浅灰色长衫的青年，临时由主事人给了他一本教科书，任意翻开一页，叫他先上去试。那时又来了两个评判员，与先来的那个一同坐到最后排去，与我相距很近。

"这是算术……啊，是几何……这个定理，我来证给你看……"穿浅灰长衫的开口了，声音像在哭。说完了话便拿起粉笔在黑板上做起来，第一次直线画得歪了，第二次三角形描得太小，索性把黑板拭清爽了想重画，下面已掀起铃来。

"还说是国立××大学高才生呢!"我听见后面评判员在笑。

接着教英文的,教国文的,教理化的都顺序跑上去,既没有预备,又没有学生,时间又这样局促。个个都弄得手足无措,馆里的人拉长了面孔忍住笑,国文教员念别字,英文教员弄错了文法,数学教员忘却了公式……我没有心思听人家闹的笑话,只觉得自己心中跳得厉害。

"29号!"我像被宣布死刑似的一步步挨上讲台去。

"诸位……"我忽然觉得为难起来,究竟接下去应该说"诸位同学"呢?还是"诸位先生"? 喉咙干燥得很,眼睛模模糊糊地瞧着他们指定叫我教的一页,那仿佛一个故事,却不知究竟在说些什么。正想定一定神自己先看它一遍。不料一个失手,书掉到地上去了,我忙拿起来再翻原页时,却再也找不出来,铃声响了,我便匆匆下台。

"这简直是同我们失业者开玩笑啊!"我又羞又忿,拼命地忍住眼泪。好容易等到试教完了,大家一窝蜂似地拥出去,有的还围住了主人在问怎样个决定办法,那种患得患失的样子真使人看了难过。我一言不发的尽自向外飞跑,汽车、黄包车、行人、红绿灯的影子都模糊了,仿佛听见张在后面叫喊,但这声音也渐远、渐微,而渐至不闻。他们也许在怀疑我发疯了吧? 也许会笑我太不自量,谁又知道我的文凭是教育学院第一号呢?

(原载《浣锦集》天地出版社1944年4月初版)

小脚金字塔

——我的姑母

我有七个姑母，这里所要讲的是第五位。我的五姑母在 17 岁上结婚，19 岁春天就死了丈夫。她的夫家还富有，可是婆婆却凶得厉害，因此我的祖父就向她家中要求，让她出来到 M 府女学堂里读书。她读书的时候学业成绩虽然平平，而缝刺烹饪等项却色色精巧。那时校长师母也住在校里，女学生们课余都竞相去找她闲谈拍马屁。她同我的五姑母最谈得来，一则因为她青年孀居的可怜身世很引起她的同情，二则因为她做得一手好针线，能够时常替她绣枕头花或代翻校长先生的丝棉袍子。直到五姑母毕业以后，校长师母还不忍放她离去，坚持要留她在校里当个女舍监。她当然也乐于答允，于是她便当舍监当到如今，虽然在名义上已改称为"女训育员"。

我的五姑母有着矮胖的身材，一双改组派小脚不时换穿最新式的鞋子。的确，她平日在装饰上总是力求其新，虽然在脑筋方面却始终不嫌其旧。我与她接触最多的时候是在 M 府女学堂改称 M 县县立女子师范，再由 M 县县立女子师范改称 M 县县立中学以后。那时刚值男女同学实行伊始，因此五姑母也就虎视眈眈的严格执行她的职务，唯恐这般女孩子们一不小心会受人诱惑，闹出什么乱子来。我进中学时才 12 岁，跳来跳去瘦皮猴似的本来还用不着防范到这类情事，可是我的五姑母却要先天下之忧而忧的谆谆告诫起来了：

"裙子放得低一些哪，你不瞧见连膝盖都露出来了吗？"

"头发此后不许烫，蓬蓬松松像个鬼！"

"你颈上那条小围巾还不赶快给我拿掉？这样花花绿绿的还有什么穿校服的意义呢？"

"下了课快些回到女生自修室里来温习功课，别尽在操场上瞧男生踢皮球哪！唉，看你瞧着不够还要张开嘴巴笑呢，我扣你的操行分数。笑！你再不听话，我要写信告诉你爸爸了……"

可是我知道她不会写信去告诉爸爸，因为她对于拿笔还不如拿针来得便当。往常她有事要写信给爸爸，总得先糟蹋十来张信纸，有的写上一句"六弟如晤"便嫌格子不对，有的写不到三五行又要忙着找字典查字去了，每次她茶饭无心地写上一星期写不好总得来骂我："天天书不读，信又不写。你爸叫我催着你休偷懒，明天还不赶快寄封信去叫他别挂心。带便也给我写上几句……"

我听了她噜苏不敢回答，吐了吐舌头自到外面去，外面总有人在背地嘲笑她，我听着也好出口冤气。她们都是些高级女生，见着我准会减：

"喂，爱贞，你知道不，高二男生又给你姑母起了个绰号呢，叫作'小脚金字塔'，意思就是说她自头顶到屁股活像座金字塔，只多了两只小脚！"

"他们高三男生说她小脚穿了高跟鞋子，走起路来划东划西，好比一支两脚圆规呢！"

"哈哈哈哈！"我也和着笑了，心中果然舒服了不少。

可是不久这个"两脚圆规"的绰号不适用了，因为她见了我们穿篮球鞋有趣，自己也买了双七八岁儿童穿的小篮球鞋来。那球鞋的鞋头又扁又大，她穿时得塞上许多旧棉花。男生们见了她穿着这鞋走过总要打伙儿拍手齐喊：

"小篮球鞋！小篮球鞋！"

"一只篮球鞋，半只烂棉花！"

"小篮球鞋，小……"

可是五姑母听了，却并不怎样生气。她有时还笑着对我讲："起绰号也得有些相像，是不是？你看他们那批男生真没道理，我已是老太婆了，还叫我什么小球的。"

她爱这个带有"小"的绰号，更爱这双小篮球鞋。因为那时正举行月考，女生们常在夜间偷偷地燃起洋烛来看书，她知道这个，因此也常在晚上熄灯后轻手轻脚地摸到各寝室门口去张望。那双球鞋是橡皮底，走起路来没声息，因此她得以乘不备推进门去，拿走她们的洋烛火柴。她把搜来的洋烛头及空火柴盒交到训育处去备案,而长段的洋烛及满盒火柴则都攒积起来送我祖母。那时我家正住在乡下,还没装电灯。

过几天,考数学了。

我生平怕这门数学,而坐在我后排的一位男同学却绰号"小爱迪生",最擅长数学。他姓周,我在没法时常喊声"密斯脱周",回过头去请教他。后来不知哪个嚼舌头的告诉人家说是我们之间有些那个,于是一传二,二传三,全级男生都喊起我"爱迪生太太"来了,那时我已有 15 岁光景,听了之后心中未免发生异样感想,上数学课时便再也不敢回头问他了。

我足足有半个多月不曾喊过一声"密斯脱周",这个称呼如今于我已仿佛有些碍口,直至这次考数学的前夜。数学教员告诉我们须把 160 多个三角习题在两天内统统做齐,然后在规定考试的那个钟头里缴了上去,便算月考成绩。我横做竖做,还差 30 多题总做不出,头部胀痛得厉害,只得丢开"两脚圆规"暂到江边去吹些晚上的凉风。

那夜因为全校同学们都在忙着准备月考,因此江边静悄悄地,一轮月亮高悬在上头。我一面走一面口中念念有词,"sin A 加 cos B"三角题目愈念愈念得心里烦起来。还不曾走到凉亭底下,蓦听得亭脚下发出一句轻轻地问话:"你的三角做好了吗? 密斯丁。"

我吓了一大跳。但定睛看时,却又忍不住脸热起来。"还没有呢!"我低下了头回答。

"明天不是要缴卷吗?"

"我做不出，"我又惭愧又怀着希望，"你肯给我帮些忙吗？密斯脱——周。"我用力念出这拗口的"周"字。

于是他便向我哪几个问题做不出，我随口告诉他几个，心里慌得厉害，30多个做不出的题目只能想出十三五个。我说我要到自修室里去拿书来。他教我快些；他在江边等我。

我低头直向自修室跑，跑不到十来步路，在转角布告板处，我瞧见五姑母铁青着脸站在后边。

"你此刻跑到什么地方去呀？"她恶狠狠地问我。

"自修室。"我的兴奋立刻变为恐慌，说了后怕她不够满意，接着又加上一句："做数学习题去。"

"你们明天考数学吗？"

"是。"

"那么，"她冷笑一声，"你倒还有空工夫同人家搭白？"

我恨不得捣碎那座金字塔，折断那支两脚圆规，谁会相信爸爸有着这么一个可厌的姊姊呢？

但，我终于不敢拿了书重到江边，只低头伏在自修桌上恨恨地拿着圆规乱划。我当然没心思做三角习题。

夜课自修时她照例来监督，女生们谁打一个呵欠也得受她噜苏，于是她们寻她开心，故意拿数学英文等问题去请教她，她板起脸孔回答："这个不是我的责任，你们要问去问……"

　　"但是,先生,像你这样好学问还怕不会解释这类粗浅的题目吗? 省得我们黑暗里跑来跑去找别个先生,你就马马虎虎地做些责任以外的事吧!"

　　她却不过要求接过书来看,但立刻又把它递还给央求的人了,她说:"问题虽浅得很,但我总不能做责任以外的事。"

　　我心里暗暗痛快,正也想拿个三角题目去胡缠时,瞥见窗外王妈探首探脑在向我映眼。我假装解手的样子轻溜出去,王妈见了我就急忙上来告诉说:"丁小姐,你有一封信……"我心里若有预感似的慌忙去接,突然间,自修室的门开了,五姑母站在门口问:"谁写来的?"她仿佛有着什么预感似的。

　　"……"我无语递过信去,自己尚未瞧得一眼。

　　"周——缄,"她看了自言自语,但瞥见自修室内有三五个头正在探望,却又急忙改口:"这是……哦。这是…你大姊给你写来的信。——此刻你快去自修,下了课到我房间里来拿吧。"她说着狠狠盯了我一眼,我不禁打了一个寒噤,心中忐忑不安。

　　这一个钟头显得特别长,也特别沉闷,至于对于我是有这样感觉。

　　好容易真个挨到了下课,我在她房间内抖着手拆开这封信,那是十三五个做好的三角习题。谢谢天,五姑母也放了心。

　　不久,我与周君订婚了。

　　但五姑母对我的防范还不肯放松懈,她天天注意我看的小说。"看恋爱小说会使女孩子们看活了心哟!"她告诉我母亲,"爱贞如今已是个有夫之妇了,还可以让她心中别有活动吗?"

有一次,她在我枕头底下翻出本《爱的教育》来,一口咬定说是淫书,一定要即刻写信告诉我爸爸去。幸而有一位高中女生出来替我辩护了:"若说书名有这爱字便要不得,那么丁爱贞本人是早已应该开除的了。"

五姑母默然无语,但是仍把这书拿到她自己的书架上去。

后来,她觉得防范青年男女的最妥善办法,还是索性劝我们早些结婚了事。我们结婚时她替我们绣了许多枕头花,现在我们有了孩子,她又忙着替我的孩子绣老虎头鞋了。

她自己如今还在 M 中学当女训官员,不过从最近寄给我们的照片上看来,她的身体已消瘦不少,臀部也再不像金字塔底了,而且据她自己信中说,脚趾缝里常患湿气,那么恐怕这双橡皮底的小篮球鞋也不得不暂时割爱了吧,我想。

(原载《浣锦集》天地出版社 1944 年 4 月初版)

过　年

过年了,王妈特别起劲。她的手背又红又肿,有些地方冻疮已溃烂了,鲜血淋漓,可是她还咬紧牙齿洗被单哩,揩窗子哩,忙得不亦乐乎。我说:"大冷天气,忙碌作啥?"她笑笑回答:"过年啦,总得收拾收拾。"

我的心头像给她戳了一针般,刺痛得难受。过年,我也晓得要过年啦,然而,今年的过年于我有什么意思?孤零零一个人住在这冷冷清清的房间里,没有母亲,没有孩子,没有丈夫。

我说:"王妈,我今年不过年了,你自己回去几天,同家人们团聚团聚吧!"

她的眼睛中霎时射出快乐的光辉来,但依旧装出关切的样子问:"那末你的饭呢?"

"上馆子吃去。"我爽快地回答。

"真的,一年到头,你也没有什么好东西吃;过年了,索性到馆子里去吃几顿，倒也……"说着，她的眼珠转动着快要笑出来了。虽然脸孔还装得一本正经，像在替我打算。我望着她笑笑，她也笑笑。骤然间，她的心事上来了。眼睛中快乐的光辉全失，忧郁地凝望着我，半晌，才用坚决的声调低低说道："我当然在这里过年啰，哪里可以回家去呢？"

我知道她的意思，她不肯放弃年节的节赏。

于是我告诉她愿意留在这里也好，只是从此不许再提起"过年"两字。

她莫名其妙地应声"哦"。

第二天，我刚在吃早点的时候，她踉跄地进来了，劈头便向我说："过年了，邮差……"

我勃然大怒道："邮差干我屁事？我不许你说过年过年。"

但是她不慌不忙，理直气壮地回答："过年过年不是我要说的呀，那是邮差叫我说的，他说过年了，要酒钱。"我掷了两块钱给她，赶紧掩住自己的耳朵。

下午，我从外面回来，她替我倒了茶，诺诺地说道："扫弄堂的……刚才……刚才也来过了，他说……他说……过……过……"我连忙摇手止住她说话，一面从皮夹里取出了5元钱来，一面端起茶杯。

她望着钞票却不伸手来接，只结结巴巴地说下去："这次过年别人家都给10……10元呢……"

啪的一声，我把茶杯摔在地上。

茶汁溅在她的鞋上、袜上、裤脚上，她哭丧着脸说道："我又说顺了嘴呀,记性真不好。"

从此她便再不说过年了,只是我的酒钱还得付。每次她哭丧着脸站在我面前,我就掏出两块钱来;她望着钞票不伸手来接,我就换了张 5 元的;她的脸色更难看了,我拿起 10 元钞票向桌上一摔,掉转身子再不去理她。

我的亲戚、朋友,都来邀我吃年夜饭,我统统答应了。到了除夕那天,我吃完午饭就睡起来,假装生病,不论电话催、差人催、亲自来催,一一都加以谢绝。王妈蹑手蹑脚地收拾这样、收拾那样,我赌气闭了眼睛不去看她。过了一会,我真的呼呼睡熟了,直睡到黄昏时候方才苏醒。睁眼一看,天哪,王妈把我的房间已经收拾得多整齐,多漂亮,一派新年气象。

我想,这时该没有人来打搅了,披衣预备下床。忽然听得楼梯头有谈话声,接着有人轻步上来,屏住气息在房门外听,我知道这是王妈。于是我在里面也屏住了气息。不去理她。王妈听了许久,见我没有动静,又自轻步下楼去了,我索性脱掉衣服重新钻进被里。只听得砰的一声,是后门关上的声音,我知道来人已去,不禁深深舒了一口气。

于是,万籁俱寂。

我的心里很平静,平静得像无风时的湖水般,一片茫茫。

一片茫茫,我开始感到寂寞了。

寂寞了好久,我才开始希望有人来,来邀我吃年夜饭,甚至来讨酒钱也好。

但是,这时候,讨酒钱的人似乎也在吃年夜饭了。看,外面已是万家灯火，在这点点灯光之下，他们都是父子夫妻团聚着。

我的房间黑黝黝地，只有几缕从外面射进来的淡黄色的灯光，照着窗前一带陈设，床以后便模糊得再也看不见什么了。房间收拾得太整齐，瞧起来便显得空虚而且冷静。但是更空虚更冷静的却还是我的寂寞的心，它冻结着，几乎快要到发抖地步。我想，这时候我可是需要有人来同我谈谈了，谈谈家常——我平日认为顶无聊的家常呀！

于是，我想到了王妈。我想王妈这时候也许正在房门口悄悄地听着吧，听见我醒了，她便会踉跄地进来的。

我捻着电灯开关，室中骤然明亮了，可是王妈并没有进来。我有些失望，只得披衣坐起，故意咳嗽几声，王妈仍旧没有进来。那时我的心里忽然恐慌起来！万一连王妈也偷偷回去同家人团聚了，我可怎么办呢？

于是我直跳下床来，也来不及穿袜子，跋着拖鞋就往外跑，跑出房门，在楼梯头拼命喊："王妈！王妈！"

王妈果然没有答应。

我心里一酸，腿便软软的，险些儿跌下楼梯。喉咙也有些作怪，像给什么东西塞住了似的，再也喊不出来。真的这个房间里就只有我一个人，这幢房子里就只有我一个人，这个世界上就只有我一个人了吗？这般孤零零地又叫我怎过下去呢？

我想哭。我跋着拖鞋跑回房里，坐在床沿上，预备哭个痛快。但是，哭呀哭的，眼泪却不肯下来，这可把我真弄得没有办法了。

幸而,房门开处,有人托着盘子进来了。进来的人是王妈。我高兴得直跳起来。那时眼泪也凑趣,淌了下来,像断串的珠子。我来不及把它拭去,一跳便跳到王妈背后,扳住她的肩膀连连喊:"王妈！王妈！"

王妈慌忙放下盘子,战战兢兢地回答:"我……我刚才打个瞌睡,来得迟……迟了。"

"不,不,"我拍着她的肩膀解释,"你来得正好,来得正好。"

她似乎大出意外,呆呆望着我的脸。我忽然记起自己的眼泪尚未拭干,搭讪着伸手向盘中抓起块鸡肉,直向嘴边送,一面咀嚼,一面去拿毛巾揩嘴,顺便拭掉眼泪。

王妈告诉我说道鸡肉是姑母差人送来的,送来的时候我正睡着,差人便自悄悄地回去了。我点点头。

王妈说顺了嘴,便道:"还有汤团呢,过年了……"说到这里,她马上记起我的命令,赶紧缩住了,哭丧着脸。

我拍拍她的肩膀,没发怒,她便大起胆子问我可要把汤团烧熟来吃。我想了想说:好的,并叮嘱她再带一副筷子上来。

不多时,她就捧着一大碗热气腾腾的汤团来了,放在我面前。但那副带来的筷子仍旧握在她的一只手里,正没放处,我便对她说道,"王妈,那副筷子放在下首吧,你来陪我吃着,还有,"我拿出张百元的钞票来塞在她的另一只手里,说道:"这是我给你的过年赏钱。"

她张大了嘴半晌说不出话来,一手握着筷子,一手握着钞票,微微有些发抖。

我说:"王妈,吃汤团呀,我们大家谈谈过年。"

她的眼睛中霎时射出快乐的光辉来,但仍旧趑趄着不敢坐下。骤然间,她瞥见我赤脚跶着拖鞋,便踉跄过去把袜子找来递给我道:"你得先穿上袜子呀,当心过……年受凉。"

她拖长声调说出这"过年"两字,脸上再没有哭丧颜色了,我也觉得房间里不再显得空虚而冷静,于是我们谈谈笑笑地过了年。

(原载《浣锦集》天地出版社 1944 年 4 月初版)

海上的月亮

茫无边际的黑海,轻漾着一轮大月亮。我的哥哥站在海面上,背着双手,态度温文而潇洒。周围静悄悄地,一些声音也没有;融融的月色弥漫着整个的人心,整个的世界。

忽然间,他笑了,笑着向我招手。天空中起了阵微风,冷冷地,飘飘然,我飞到了他的身旁。于是整个的宇宙变动起来:下面是波涛汹涌,一条浪飞上来,一条浪滚下去,有规律地,飞滚着无数条的浪;上面的天空似乎也凑热闹,东面一个月亮,西面一个月亮,三五个月亮争着在云堆中露出脸来了。

"我要那个大月亮,哥哥!"我心中忽然起了追求光明的念头,热情地喊。一面拉起哥哥的手,想同他一齐飞上天去捉,但发觉哥哥的手指是阴凉的。"怎么啦,哥哥?"我诧异地问。回过头去。则见他的脸色也阴沉沉地。

"没有什么，"他幽幽回答，眼睛望着云天远处另一钩淡黄月，说道，"那个有意思，钩也似的淡黄月。"

于是我茫然了，一钩淡黄月，故乡屋顶上常见的淡黄月哪！我的母亲常对它垂泪，年轻美丽的弃妇，夜夜哭泣，终于变成疯婆子了。我的心只会往下沉，往下沉，身子也不由地沉下去了，摔开哥哥的阴凉的手，只觉得整个宇宙在晃动，天空月光凌乱，海面波涛翻滚。

"哎哟！"我恐怖地喊了一声，惊醒过来，海上的月亮消失了，剩下来的只有一身冷汗，还有痛，痛在右腹角上，自己正患着盲肠炎，天哪！

生病不是好事，病中做噩梦，尤其有些那个。因此平日虽不讲究迷信，今夜也不免要来详梦一番了。心想，哥哥死去已多年，梦中与我携手同飞，难道我也要逝亡了吗？至于捉月亮……

月亮似乎是代表光明的，见了大光明东西便想去捉住，这是人类一般的梦想。但是梦想总成梦想而已，世上究竟有没有所谓真的光明，尚在不可知之间，因此当你存心要去捉，或是开始去捉时，心里已自怀疑起来，终于茫然无所适从，身心往下沉，往下沉，堕入茫茫大海而后已。即使真有勇往直前的人飞上去把月亮真个捉住了，那又有什么好处？人还是要老、要病、要痛苦烦恼、要做噜哩噜苏事情的，以至于死，那捞什子月亮于他究竟有什么用处呢？

说得具体一些，就说我自己了吧。在幼小的时候，牺牲许多游戏的光阴，拼命读书、写字、操体操，据说是为了将来的幸福，那是一种光明的理想。后来长大了,嫁了人,养了孩子,规规矩矩地做妻子、做母亲,天天压抑着罗曼谛克的幻想,把青春消逝在无聊岁月中,据说那是为了道德,为了名誉,也是一种光明的理想。后来看看光是靠道德与名誉没有用了,人家不爱你,虐待你,遗弃你,吃饭成了问题,于是想到了独立奋斗。但是要独立先要有自由,要有自由先要摆脱婚姻的束缚,要摆脱婚姻的束缚先要舍弃亲生的子女——亲生的子女呀!那时所谓光明的理想,已经像一钩淡黄月了,淡黄月就淡黄月吧,终于我的事业开始了:写文章,编杂志,天天奔波,写信,到处向人拉稿,向人献殷勤。人家到了吃晚饭时光了,我空着肚子跑排字房;及至拿了校样稿赶回家中,饭已冰冷,菜也差不多给佣人吃光了,但是饥不择食,一面狼吞虎咽,一面校清样,在 25 烛光的电灯下,我一直校到午夜。户口米内掺杂着大量的砂粒、尘垢,我终于囫囵吞了下去,终于入了盲肠,盲肠溃烂了。

我清楚地记着发病的一天,是中午,在一处宴会席上,主人殷勤地劝着酒,我喝了,先是一口一口,继而一杯一杯的吞下。我只觉得腹部绞痛,但是说出来似乎不礼貌,也有些欠雅,只得死进着一声不响。主人举杯了,我也举杯,先是人家央我多喝些,我推却,后来连推却的力气也没有了,腹中痛得紧,心想还是喝些酒下去透透热吧。于是酒一杯杯吞下去,汗却一阵阵渗出来了,主人又是怪体贴的,吩咐开电扇。一个发寒热、患着剧烈腹痛的人在电扇高速度的旋转下坐着吃喝,谈笑应酬,究竟是怎样味儿我实在形容不出来,我只记得自己坐不到三五分钟就继续不下去,跑到窗口瞧大出丧了。但是大出丧的灵柩还没抬过,我已经痛倒在沙发上。

"她醉了!"我似乎听见有人在说。接着我又听见主人替我雇了车,在途中我清醒过来,便叫车夫向××医院开去。

医生说是吃坏了东西,得服止泻药。

服了止泻药,我躺在床上,到了夜里,便痛得满床乱滚起来。于是我哭着喊,喊了又哭。我喊妈妈,在健康的时候我忘记了她,到了苦难中想起来就只有她了。但是妈妈没有回答,她是在故乡家中,瞧着一钩淡黄月流泪哪!我感到伤心与恐怖,喃喃对天起誓,以后再不遗忘她,再不没良心遗忘她了。

腹痛是一阵阵的,痛得紧的时候,肚子像要破裂了,我只拼命抓自己的发。但在松下来痛苦减轻的时候,却又觉得伤心,自己是孤零零地,叫天不应,喊地无灵,这间屋子里再也找不出一个亲人。我为什么离开了我的母亲?她是这样老迈了,神经衰弱,行动不便,在一个愚蠢无知的仆妇照料下生活着。我又为什么离开我的孩子?他们都是弱小可怜,孤苦无告地给他们的继母欺凌着、虐待着。

想到这里,我似乎瞧见几张愁苦的小脸,在海的尽头晃动着齐喊:"妈妈!"他们的声音是微弱的,给海风吹散的,我听不清楚。我也瞧见在朦胧的月光下,一个白发伛偻的老妇在举目四瞩的找我,但是找不到。

"妈妈!"我高声哭喊了起来,痛在我的腹中,更痛的在我心上:"妈妈呀!"

一个年轻的姑娘站在床前了,是妹妹,一张慌张的脸。"肚子痛呀,妈妈!"我更加大哭起来,撒娇似的。

她也抽抽噎噎地哭了,口中连声喊"哎哟!"显得是没有主意。我想:这可糟了,一个刚到上海来的女孩子,半夜里是叫不来车子,送不来病人上医院的,急坏了她,还是治不了我的腹痛哪!于是自己拭了泪,反而连连安慰她道:"别哭哪,我不痛,此刻不痛了。"

"你骗我,"她抽噎得肩膀上下耸,"怎么办呢?妈妈呀。"

"快别哭,我真的不痛。"

"你骗我。"

"真的一些也不痛。"

"怎么办呢?"她更加抽噎不停,我恼了,说:

"你再哭,我就要痛。——快出去!"

她出去了,站在房门口。我只捧住肚子,把身体缩做一团,牙齿紧咬。

我觉得一个作家、一个勇敢的女性、一个未来的最伟大的人物,现在快要完了。痛苦地、孤独地躺在床上,做那个海上的月亮的梦。海上的月亮是捉不到的,即使捉到了也没有用,结果还是一场失望。我知道一切光明的理想都是骗子,它骗去了我的青春,骗去了我的生命,如今我就是后悔也嫌迟了。

在海的尽头,在一钩淡黄月下的母亲与我的孩子们呀,只要我能够再活着见你们一面,便永沉海底也愿意,便粉身碎骨也愿意的呀!

盲肠炎,可怕的盲肠炎,我痛得又晕了过去。

（原载《浣锦集》天地出版社 1944 年 4 月初版）

自己的房间

　　现在,我希望有一个自己的房间。

　　走进自己的房间里,关上房门,我就把旗袍脱去,换上套睡衣睡裤。睡衣裤是条子绒做的,宽大、温暖、柔软,兼而有之。于是我再甩掉高跟鞋,剥下丝袜,让赤脚曳着双红纹皮拖鞋,平平滑滑,怪舒服的。

　　身体方面舒服之后,心里也就舒服起来了。索性舒服个痛快吧,于是我把窗子也关好,放下窗帘,静悄悄地。房间里光线显得暗了些,但是我的心里却光明,自由自在,无拘无束。

　　我的房间,也许是狭小得很:一床、一桌、一椅之外,便再也放不下什么了。但是那也没有什么,我可以坐在椅上看书,伏在桌上写文章,和躺在床上胡思乱想。

　　我的房间,也许是龌龊得很,墙上点点斑斑,黑迹、臭虫血迹,以及墙角漏洞流下来的水迹等等,触目皆是。然而那也没有什么,我的眼睛多的正好是幻觉能力，我可以把这堆斑点看作古希腊美术，同时又把另一堆斑点算是夏夜里，满天的繁星。

我的房间的周围，也许并不十分清静：楼上开着无线电，唱京戏，有人跟着哼；楼下孩子哭声，妇人责骂声；而外面弄堂里，喊卖声、呼唤声、争吵声、皮鞋足声、铁轮车推过的声音，各式各样，玻璃隔不住，窗帘遮不住的嘈杂声音，不断传进我的耳膜里来。但是那也没有什么，我只把它们当作田里的群蛙呱呱、帐外的蚊子嗡嗡，事不干己，绝不烦躁。有时候高兴起来，还带着几分好奇心侧耳静听，听他们所哼的腔调如何、所骂的语句怎样、喊卖什么、呼唤那哪、争吵何事、皮鞋足声是否太重、铁轮车推过时有否碾伤地上的水门汀等等，一切都可以供给我幻想的资料。

让我独个子关在自己的房里听着、看着、幻想着吧！全世界的人都不注意我的存在，我便可以自由工作、娱乐与休息了。

然而，这样下去，我难道不会感到寂寞吗？

当然——

在寂寞的时候，我希望有只小猫伴着我。它是懒惰而贪睡的，不捉鼠，不抓破我的旧书，整天到晚，只是蜷伏在我的脚旁，咕噜咕噜发着鼾声。

于是我赤着的脚从红纹皮拖鞋里滑出来，放在它的背上，暖烘烘地。书看得疲倦了，便把它提起来，放在自己的膝上。它的眼皮略睁一下，眼珠是绿的，瞳孔像条线，慢慢地，它又阖上眼皮咕噜咕噜地睡熟了。

我对它喃喃诉说自己的悲愤；

它的回答是:咕噜咕噜。

我对它喃喃诉说自己的孤寂;

它的回答是:咕噜咕噜。

我对它轻轻叹息着;

咕噜咕噜。

我对它流下泪来。

眼泪落在它的眼皮上,它倏地睁开眼来,眼珠是绿的,瞳孔像条线,慢慢地,它又闭上眼皮咕噜咕噜地睡熟了。

我的心中茫茫然,一些感觉也没有。

咕噜咕噜⋯⋯

咕噜咕噜⋯⋯

我手抚着它的脸孔睡熟了。

于是我做着梦,梦见自己像飞鸟般,翱翔着,在真的善的美的世界。

自己的房间呀!

但是我没有自己的房间。我是寄住在亲戚家里,同亲戚的女儿白天在一起坐,晚上在一起睡。

她是个好絮话的姑娘,整天到晚同我谈电影明星。

"很健美吧?"

"唔。×××。"我的心中想着自己的悲愤。

"×××的歌喉可不错哪!"

"唔。"我的心中想着自己的孤寂。

"你说呀,你到底还是欢喜呢?×××还是×××呢?"

"……"我说不出来,想叹息,又不敢叹息,只得阖上眼皮装睡。

"唉,你睡熟了!"她这才无可奈何地熄灯,呼呼睡去。

我独自望着一片黑暗,眼泪流了下来。

这时候,我再也不想装睡,只想坐在椅上看书,伏在桌上写文章。

然而,这不是自己的房间呀!拘束,不自由。

长夜漫漫,我直挺挺地躺在床上不敢动弹,头很重,颊上发烧,心里怪烦躁。

莫不是病了吗?病在亲戚家里,可怎么办呢?睡吧!睡吧!睡吧!我只想做片刻自由好梦,然而我所梦见的是,自己仿佛像伤翅的鸟,给关在笼里,痛苦地呻吟着、呻吟着。

(原载《浣锦集》天地出版社 1944 年 4 月初版)

我 的 手

晚饭后,我拿出一只干净玻璃杯,浓浓的泡上一杯绿茶。我一面啜着茶,一面苦苦思索要做的文章。忽然,我瞥见自己端着茶杯的手,纤白的指头,与绿的茶叶璘然相映,看上去像五枚细长的象牙。

——这是我的手吗?

——我的手。

于是我慢慢放下茶杯,把手按在膝上,自己仔细端详着:长长的指头,薄薄的掌心,一些血色都没有,看上去实在有些怕人。

我想,这是左手,右手也许好一些吧。于是把右手放在膝上,这么一比,那么一比,看看差不多,实在说不出什么不同来。就只是右手的食指尖端多一点蓝墨水迹,那可是写稿时偶然不当心把它玷污的,只要用肥皂一擦,就可以洗得干干净净的了。

真是一双苍白瘦削的手啊!我不愿再看它们,只默然捧起茶杯,轻轻呷着茶。心里想,她们是应该休息休息了,再不然,凭这种没血色的手,怎能写得出有血有肉的文章?

据说有许多西洋大文豪,他们在写作的时候,是用不着自己动手的。他们只要闲适地靠坐在沙发上,口衔雪茄,一面喷烟一面念,旁边自有人替他打字或速记下来。这样做文章舒服是舒服的,但是我的地位同他们比较起来相去不知几千万里,只好当作神话想想,想过之后还得辛苦自己的手,为了生活,不得不放下茶杯拿过稿纸来写。

写呀、写呀,我的手写得麻木了,指头僵硬了。见了它们,我就把脑中准备好的快乐语句一齐忘掉,剩下来只有无限辛酸,不能用字表达出来,不能用句表达出来,对着空白的稿纸,我只是呆呆出神。

半晌,我忽然得了个主意:把左手放在稿纸上,右手拿铅笔依着它画去,不多时,一只瘦削的手的轮廓,就清楚地留在纸上了。

——这是我的手吗?

——我的手。

我的手以前可绝不是这样:十根粗粗的指头,指甲修得很短。手掌又肥又厚,颜色是红润的。

以幼小的时候,它们整天搓泥丸,捉蚱蜢,给妈妈拔小鸡草……

在学校里,它们忙着抄笔记,打网球,还能够把钢琴弹得叮当作响……

后来,他来了,把钻戒套在我的无名指上,吻着它,说道:"多能干呀,你的手!"

我用我的手替他做了许多事情……

我用我的手替孩子们做了许多事情……

油垢、灰尘,一齐嵌进了我的手纹里,刷不尽,洗不掉,我的手终于变得龌龊而且粗糙了。

但是,我并不恶渐我自己的手,因为它工作着,能够使别人快乐与幸福。

在冬天,我的手背上都龟裂了。但是我仍旧忍住痛,在灯下替孩子们缝花缎的棉袍。

粗糙的手触着花缎,窸窣有声。

孩子们都奇怪起来,问我道:"妈妈,你的手怎么会有声响?"

我笑了:瞧瞧他的脸,但是他不笑。半晌,他皱着眉头,用憎厌的口吻对我说道:"瞧你这只手,可不是糟蹋了我的宝贵的钻戒?"

我悄然无语,第二天,便把宝贵的钻戒还了他。

但是法律、经济,都不容许我携带孩子:我是什么也没有,只凭着龟裂了的手,孤零零地自谋生活。

——这是我的手吗?

——我的手。

我的手再不能替孩子们把尿换屎、搛鼻涕了,只整天到晚左手端着茶杯,右手写、写、写……

浓的茶,滋味是苦的。我一面啜着,一面暗暗思索文章。但是什么字,什么句,才能表达我的意思呢？而且,即使表达出来,又将希望哪个知道？

半晌,我忽然得了个主意:把那张画着手的稿纸寄给我的孩子们去吧,让他们知道:我的手——瘦了。

(原载《浣锦集》天地出版社 1944 年 4 月初版)

听肺病少爷谈话记

有一次,我碰到一个病人,他患的是肺结核症。

他是一个漂亮的青年,浅灰色西装,黄皮鞋,头发梳得光亮的,脸色也并没有显得苍白或蜡黄。

但是他的眼中却带着忧郁,见了女人,忧郁便消失了,闪闪发出兴奋的光芒。于是他得意地谈到自己的病,是肺病,他的左肺有些坏了。

"我想获两个学位,"他开始解释自己的病源,"因此在商科毕业,又改读法科去了。不料正要做毕业论文的时候,我的左肺便……"

"是做商科的毕业论文呢?还是做法科的毕业论文呢?"一个性急的女郎插口上来问。

于是他得意地回答:"都是的,商科论文是补缴,法科论文则下个学期也快要缴了。可是我的左肺……"说着他便叹息起来,显然是为了论文,才使他的左肺坏了。

　　那时候另一个女郎便同情地接上来说，做论文真是太苦的事，无怪他会得了肺病。又问："现在你的论文该是还没有完全做好吧？"

　　"做好？"他说着一面笑："我可还没有做过一个字呢，我是说正要做的时候，心里一急，这个倒霉的左肺尖端便出了毛病了，心里真是急不得的。也可怪那个姓李的穷小子不肯给我帮忙，我答应他每篇1000元，他说他忙着翻译一本名著，什么鬼名著值得他这么急急忙忙的翻译？可是，我一时又找不到别人，心里一急，左肺便出了毛病了。"

　　众女郎听得明白了，大家都点点头，心里也许真怪那个姓李的穷小子太不知轻重好歹了。那个肺病少爷见众人都听他，益发得了意，便滔滔叙述病后的经过。肺病当然照X光，全上海有名医院里的X光都给他照过了，还拍了五张照，张张照片的左肺尖端上都有一个芝麻般大的黑点。可怕的肺结核症呀！他的老子慌了，先把他的年青太太及四五箱商科及法科书籍都一古脑子送到乡下去，然后再把屋子收拾一下，搬出累赘物件，屋子更显得宽敞了，空气便更显得清新。但是他的老子又怕他寂寞，赶紧多装几架无线电并添买百张留声机唱片。他一面劝他多听音乐，一面安慰他等病好了，太太马上就可以喊上来的。至于书籍呢，像他们这样家里出来的少爷根本不必靠读书赚钱，还是让它们永远藏在乡下不去理它们吧。"太太与书籍，"于是他撇撇嘴巴不屑似地向众女郎说，"我是本来就并不把它们放在心上的。"

　　于是众女郎都关心似地问他现在究竟作什么消遣，整天听听无线电吗？

他连连摆手说,听腻了。有时候他想散步,老头子定要跟着他。他缓缓走,老头子坐着自备的三轮车缓缓地跟着。走不到三五步,老头子便问他累不,叫他还是快些一同坐上车来吧。真腻烦煞人,他说,但坐在家里却一样有人来麻烦你。老太太为了他天天亲自下厨房监督着,鸡汤、牛肉汁、鸡子、牛奶茶……灌得你肚子也涨满了,小便个不停。吃饭的时候,老太太坐在你旁边,鸭子呀、蹄筋呀、大虾仁呀,不断地送到你碗中来。假如你略一停箸想不吃了,她便马上泪汪汪地劝:"儿呀,再吃一些吧,牛肉嫩得很呢。""瞧,"他说,"我现在是肺病未愈,又加上一重胃病,消化不良症了。"

说到医治,他家老太爷老太太又是主张中西医并信的。打空气针,说得文雅些,便是人工气胸术,一星期施行一次,从不间断。此外还请这位专施人工气胸术的医师替他施行静脉注射,注射钙剂及其他各种维他命之类,按日一针或二三针不等,戳得他的腕臂都麻木了。中医方面,也是凡有名的都请教过,有几位老名医已经停诊退休了,也给他们重礼厚币央求出来按脉论病。于是补肺汤啦,十全大补膏啦,也是与燕窝鱼翅一并吃的。不知哪一位名医又劝他天天嚼西洋参,于是他的老太太便把一包包上好西洋参不断地塞进他的洋服口袋里来。他一面说着一面又记起来了,赶紧抓起一大把放进嘴里,还问众女郎们也吃些吗?

众女郎们没有接受他的西洋参,却很受用他的阔绰。他的阔绰,她们虽没有份儿,但能够听到,也已经够受用了。她们也许在羡慕他的病吧?还是羡慕他的疗养医治呢?

至于我，我自己知道是连羡慕的资格也没有的，像我们这样穷出身的女儿绝没有那种娇腔。记得有一次我在马路上走过，有个兜卖什么糖的贩子向我说道："小姐，这东西吃了是助消化的。"出于他的意外，我的回答是："对不起，我正嫌自己的胃消化太速，三碗薄粥喝下去不到两个钟头便饿坏了，还禁得起你的糖来助吗？"现在，我想，要是那位肺病少爷的病传染给我还了得吗？疗养医治呢？还是听它患下去呢？

一个快要获得两个学位、读商科读法科的人，整天到晚听无线电、打补针、嚼西洋参，再加肚子里给他不断地灌着鸡汁啦、肉汤啦、大补膏啦，他的工作该是什么？是散播肺结核菌，散播整千整万以至于千万万的肺痨病菌吗？这些病菌要是进了穷人的呼吸器官，便害他送命，害他的妻儿流离失所，要是富人传染着了，便成为终身废物，同他一样的废物。

于是他们的老太爷看见儿子病了，知道非大事医治及调养不可，医治调养若动用固有产业，未免可惜，不如多囤些药品食粮之类，聊资掴注吧。至于他们的母亲呢，儿子病了更想多念佛，多做好事，至于钱，横竖只巴望他爸爸做些生意，多赚些进来便好了。少爷的肺病呀！

肺病的特征是慢吞吞地，使人有病的感觉，而不一定时时有死的恐怖。病的感觉，便是觉得自己更娇贵了，动弹不得，享受却少不得。没有死的恐怖，便得为将来生存下去打算，生存下去便少不得享受，享受便少不得钱，于是少爷口里咽着十全大补膏，胸里打着金钱算盘。

医生说过，肺病第一要讲究空气新鲜，于是洋房须盖得大呀，宽敞呀！

医生说过，肺病第一要心境舒泰，不可操心思，于是一切事务都丢开呀，养好病再说。

医生说过，肺病第一要滋养充足，于是吃得好呀，三餐之外有点心，点心之外有零食。

医生说过……医生说过……

医生说过的话真是太多了，若换了我，是再也记不牢的。但是他们少爷聪敏，一听就记牢，回去告诉给家人听，于是便有他们的爸爸替他们代记，有他们的妈妈替他们代记，有他们的亲友替他们代记，有他们的佣仆替他们代记。万一再有记不牢时，还有医生不时在提醒他们。

医治、疗养，医治、疗养……有钱人家患肺病，是再也跳不出这个圈子，循环不息的。医治好了，需要长期疗养，疗养偶有不小心，吹风感冒了，又得医治。治肺病至今尚无特效的药，至于肺形草，少爷吃是吃过，似乎功效也不甚显著。

但是，在医治疗养的过程中，这散播痨菌的工作却是永不停止的，而且少爷们因为自己并不怎样害怕肺痨，便不关心穷人是怎样遇见肺痨会丧命的。他们总是随地吐痰，漫不经心地吐痰下去。

这口痰干了随着灰尘飞扬，带着成千上万的菌，扑向行人的口鼻而来。一个工作过度、身体衰弱的穷人给侵袭进了，便失去工作能力。"你得赶快医治呀。"厂里的医生警告他了，同时厂主便把他解雇。"协助防痨，许多医院是不收费的。"他们好意告诉他说。但是医院里手续费不收，医药费总要收的，医药费不收，疗养费总不能不由你自己负担呀。穷人失了业，连生活都不能过下去了，还谈得上钙剂或十全大补膏吗？

于是他只得装作没病，悄悄地、偷偷地、暗中在散播他的肺痨病菌。

成千成万的病菌，混合在空气中，粘带在灰尘里，飞扬着、窜奔着，侵袭进人的呼吸器官里，穷人们给它们害死了，富人们成了废物。但是，他们就成了废物也还要危害社会呀，间接的、直接的、身心双方面的都有。想到这里，我不禁有些嫌恶对面谈话的这位肺病少爷起来了，尤其是听他兴奋地，得意地说着自己的疗养与医治的时候。但是许多年青美貌的女郎还倾听着，关心地、同情地，而且带着不胜羡慕的神情。我想：你们在想做这位肺病少爷吗？还是在想做他的太太呢？他的年轻的太太，据他自己刚才说，是给他的老太爷老太太送到乡下去了，在少爷肺病疗养好的时候，她已经老了，不堪用了，假如少爷不幸而死亡，她便是罪魁祸首及病之根源呀，一世受人指骂是不必说的。

年轻的女郎呀，你们在倾听、关切、同情、羡慕些什么呢？肺痨菌也许会随着他的笑声不意地侵袭进你们的娇躯里。瞧，他的颊上都晕红起来了，那正因为是谈话过于兴奋之故。他遵从医生的一切嘱咐，独不能不在女人眼前得意兴奋，这可不合疗养之道的呀。你们为什么还听着他，不让他休息？你们倾听着，真的关切、同情、羡慕他吗？为的是他的钱，对了，你们原是做看护的呀！

（原载《浣锦集》天地出版社 1944 年 4 月初版）

写字间里的女性

　　一个年轻的小姐，整天坐在写字间里工作是可惜的，一个有孩子的妇女若为了经济压迫，把她大部分光阴也消磨在写字间里，那就不仅可惜而且是可悲痛的了。

　　我们公司里有三个女职员：一个是怪漂亮的徐小姐，她是英文打字员；一个姓杨的，她家里已有三个孩子了，自己在公司里当一名书记；一个就是我，我的职务不说也罢。

　　公司里开始办公的时间是每天早晨 9 时整，徐小姐家里距公司顶近，但是她到得却迟，她每天一脚跨进办公室，先对众人做一个媚笑，然后扭着身子走近我椅旁，像是对我，却又希望众人都听见似地娇声说道："瞧我！今天又是头也来不及梳，饿着肚子上这儿来了。"说着，又不胜嗔怨似地瞟了众人一眼，于是小王凑趣，便叫茶房去买一打西点来请客。

　　请客虽说是为了徐小姐，但别人跟前总也得敷衍敷衍。我们一室内若到齐连主任在内共有八个人，不过主任常常是不到下午不来的，因此我们只有七个人在室内，一打西点分起来每人一只尚余五只。小王一面对众人说："吃完再拿呀。"一面早已把它们推到徐小姐跟前去了。但是徐小姐却不肯尽量大嚼，一则恐多吃不雅观，二则怕褪掉了口红。她只咬了大半块，说声："不吃了。"小王赶紧埋怨茶房买得不好，徐小姐摆手叫他别说了，又喊茶房快倒茶来，茶房撅着嘴，只得替她冲了茶。

有时候我听见茶房在背地咕哝，说是："什么女打字员？整天到晚只会捧热水袋。她妈的脸蛋子长得好看，就……"见了我，就不说下去了。

但是尽管茶房气不过她，徐小姐自己还不满足呢。有一次，在办公完毕后，我同她一路上谈着回家，说起写字间生活，她忽然皱紧了眉头怒喊道："这种生活，顶无聊！"

"为什么？"我问。

她说道："为什么？理由多得呢：第一，人事科里的老头子们不讲情，人家清早饿着肚子上公司来，只差一刻钟，便给你画上条蓝线儿，若差半个钟头，就是红线儿了。我有时想想索性不签名，签名在这种倒霉的簿子上，哼，要是……"

"要是签在情书的结尾，签在淡红色的洋信纸上，那才不知道要颠倒多少青年呢。"我替她说出了下文。

她听着笑起来了，笑着骂我嚼舌头。我告了罪，请她再说下去，那第二又是什么呢？

"第二,"她说道,"便是对付人真难。你待谁客气些吧,其他的人便来造谣言了,说是某小姐同某人特别要好。其实你们待我可也有个好歹呀,谁同我多客气,我也同谁多客气,难道叫我一律平等,不分好歹的统统一样客气,或者一样不客气吗?"

我说:"是呀,这叫作不患寡而患不均,不均便要给人家说闲话了。除非你对我,或对杨特别好,他们才不会吃醋呢。"

"吃醋?"她不屑似地撇撇嘴,"他们有什么资格来吃醋呀,他们只不过是一批小职员……"

"那么,只有那位秃顶主任才配吃你的醋吗?"我顺口打趣她一句。

她又笑了,骂我嚼舌头,我赶快改口问:"那么你为什么要到公司里来做事呢,徐?你又不愁钱。"

"钱?"她不高兴地瞟了我一眼,似乎怪我不该小觑她。"我做事情才赔钱呢。皮鞋、丝袜、皮夹子……什么都得讲究。车钱更不必说了,我是不高兴同这等黄包车夫争多论少还价钱的。这里连津贴只不过给我500元一月……"

"我原说你不是为钱啰,"我诚惶诚恐地解释了一句,又问,"但是你究竟为什么要做事呢?"

"就是因为闲着无聊呀!"她的回答倒顶干脆。

"闲着无聊?"我不禁奇怪起来,"闲着不会去看看电影、逛逛公园吗?再不然呀,便在霞飞路上溜达溜达,也就不会感到无聊了。"

"那可有什么意义呢？我总得做些事情呀。"她说。

于是我告诉她，正经事情家里多得很：帮着母亲买些日用品，自己收拾收拾屋子，这样也可以省用一个娘姨，又可以少穿些皮鞋丝袜之类，不是很好的事吗？

这次她又笑了，笑得很起劲，几乎喘不过气来。最后，她才起劲地敛住了笑容，撇撇嘴巴对我说道："这样说来，你是叫我在家里当老妈子了，是不是？我虽没有学问，总也不至于甘心在家里当个老妈子吧？"

怪我亵渎了她，我又告了罪。可是我总觉得因为闲着无聊去当一个有名无实的女打字员，整天捧捧热水袋儿，总也不见得便是忙着有聊的吧？像徐这样的一个小姐，既漂亮，又年轻，家里又不愁穿吃，又何必把青春尽消磨在这里呢？男人们在公司里当个小职员，慢慢挨着总有一天会爬上来的，便是爬不上，年数多了写起履历来也好看些。可是女人们呢？目下有几个公司里是由女人当经理、当主任的！她们都是些打字员、书记、接线生之类，年纪大了，便连这些也做不成了，所以聪明一些的女人总是趁早择人而嫁。然而，这写字间里可是女人择配的地方吗？整天只有这几个人，有的地位欠高，有的面貌欠佳，有的年龄太大，有的已经娶了太太，生男育女了。他们日间坐在写字间里，向漂亮的女职员们吃吃豆腐，借以调剂。生活的枯燥无味，晚上回家以后，就可以拥妻抱子，自去享受家庭之乐了，这样看来，一个漂亮的小姐，来到写字间里整天陪着他们，又是等待些什么？难道是在等待青春老去，额上起皱纹吗？美貌比天才更可贵，因为它更有赖于自然的赋予，而且消失得也快。所以我觉得让一个美丽的姑娘整天坐在写字间里消磨她的青春，那是天下顶可惜顶不道德的事情。

然而，你还没有听见过杨的话呢！

杨是没有丈夫的，却有三个孩子。日间她上写字间来办公了，三个孩子便关在家里。她的孩子中最大的一个有 8 岁了，是女孩子，虽然到了入学年龄，因为要照管弟妹，不得不留住在家中。说起她们的家，便是一间大亭子间，吃饭、拉尿屎，都在里面。第二个男孩子 5 岁了，最小的女孩只有 3 岁。杨在公司里当书记，每月赚 450 元钱，四口之家还难以维持，更说不上雇娘姨了。因此她每天很早就起来，洗衣、生煤炉、买小菜，什么都弄舒齐了。才饿着肚子匆匆上写字间去。

匆匆上写字间，搭电车可惹人气恼，你自己觉得时候不早了，瞧见一辆电车刚停在站旁，便拼命跑去，谁知你刚跑到车站，电车不早不迟的正好拉上铁门开了。那时候你便是跳脚也没有用，只得捺住了气静静地等着。等着等着真是件心焦不过的事，先是车子不来，好久之后总算来了，却又不是你所盼望的×路，当然还得等。于是第二辆不是，第三辆又不是，第四辆……第四辆总算是了，然而人挤得很，头等里铁门不开，立了半晌，情知恳求无用，还是省些铜钱到三等去试试吧。可是，真了不得，三等车门虽开着，却是轧得要命。你扳牢了铁柱，一时还是跨不上去。好容易看看机会来了，卖票的人却又不容情，嚷着叫着要关铁门，不是你放手得快，准被轧伤手指。这样一路耽搁下来，等你走到公司里签到时，已经给他们划上一条蓝线儿了。

"于是我自己便觉得没意思，脸上讪讪的，心想明天准得早些，"杨含着眼泪告诉我："但是，我起身可不算不早呀，起来的时候，天还没大亮。起来之后有这许多事情要做，买小菜要是去得太早了，菜贩还没有来呢。等我一切都弄舒齐了换件衣裳要动身的时候，我的第二个孩子便哭起来了，他知道我要走，叫我带着他。你想，我怎么能够带着他上公司来呢？于是我哄他，哄他不要哭，别吵醒了妹妹。然而他妹妹却已经给他吵醒来了，哭着要起床，要东西吃。那时我心里真觉得烦透，两个孩子的哭声直刺进我耳朵里，震得我耳膜也麻木，头也晕痛起来了。于是我光起火来，大声骂第二个孩子，唬着他说要打。又骂大女孩不哄着他。一会儿又叫大女孩快些给她妹妹穿衣服弄东西吃。你想，我的大女孩也不过才 8 岁呀，她怎干得了这许多事呢？于是我掉转身子来帮着她，一会儿又骂她们真是我的催命鬼。……这样，我便出来得迟了，我的签名簿上给划了条蓝线。"

我听得难过极了，于是替她想出个法子："你可以把你的小孩子送到托儿所去呀，杨。"

她苦笑了一声道："女青年会托儿所我也去问过，说是每个孩子按月收费 250 元，我的薪金连津贴还不够养活两个孩子呀，你想。"

我想，我实在想不出什么办法。

于是她又哭了,她说:"我在写字间里实在没有心思做事呀,我的心总是惦记着孩子们:我怕他们会打碎痰盂,会跌下楼梯,会吃错东西,会同邻家孩子吵嘴打架……有时候天气骤然变冷了,我便恨不得马上飞回家去,替他们穿上衣服。有时候听见救火车驶过的声音,我的心便扑扑跳了起来,唯恐失火的正是我家。有时候我实在后悔不该出来的时候骂他们太凶了,他们已经是怪可怜的孩子呀!……你想,我身子虽说在写字间里,但是我的心却无时无刻不徘徊在家中呀,因此我常常写错字,真是怪不好意思的——你呢?你是个没有家累的人,又不像徐小姐似的年青好玩,对于写字间生活该没有什么感想了吧?"

我说:我对于写字间生活也有一个感想,便是觉得做这种事情真是生命的浪费。所做的事情这样少,而所费的时间这样多,这不是生命的浪费吗?

我所看见的写字间里的女性,她们的脸色都是沉郁的,目光都是呆滞的,即使装扮得很整齐、很漂亮,也不过如月份牌上美女般悬着不动点缀点缀而已,毫无生气。与那些在春天的公园里推着孩车的女人们比较起来,真不知要输给她们多少女性美。庄严、慈爱、温柔、甜蜜、妩媚、活泼,后者是兼而有之,因为她们与写字间里的女性相反,正在做着自己所顶情愿做的工作,受着至高无上的报酬,那就是心中所感觉到的快乐呀!

(原载《浣锦集》天地出版社1944年4月初版)

钱 大 姐

钱大姐是我高中时代的一个同学，她的年龄十足可当我的母亲，但是她与我同教室上课，我们都喊她"钱大姐"，素贞这个名字几乎没有人提起。

我们入的是师范科，我以为大凡入师范科的人，不是为了英算程度太差，便是年龄大了，无意再求上进。但是我自己却并不为了这些，我只是因为家里太穷，入师范科可得学费全免，膳费减半的优待。当我第一天踏进中学师范科一年级的教室时，我看见一个矮胖身材、缠过脚、戴着厚玻璃眼镜的中年妇人。起初我以为她是这校里的女训育员，及至她在我邻排的座位上坐下听讲时，这才知道原来是与我同班的同学。她在听讲的时候最爱发问，但所问的却大都浅近得可笑。我非常看轻她低劣的程度，同时也讨厌她像煞有介事的认真态度。

退了课，她与我同进高中女生自修室，她的桌子距我很近，但是我从不与她交谈一句。她看过去似乎很忙,整天到晚念大悲咒似的念着教科书。而且她所念的教科书包罗万象,国文英文是不必说了,就连党义、史地、儿童心理、教育概论等等,也都在必念之列。我上面说过我是只为了贫穷才入师范科的,我瞧不起那些师范科的必修课程,更瞧不起那个捧着这些教科书当大悲咒似的一遍遍念着的人。

有一天,学校里的食品贩卖部开幕了。女同学中差不多都是有钱的小姐,有钱的小姐总是个个爱吃零食的,她们当时听到了这消息便争先恐后地跑去购买,面包啦,花生米啦,一堆堆买了来聚在走廊上饭厅内嚼吃。因为自修室规则不得在室内吃东西,所以这里面的人便跑了一空,只剩下个我身无余钱的,咽住了馋涎听念大悲咒似地念书声音。

突然间,念书的声音停住了。她放下书本凝视我半晌,厚玻璃内闪射着奇异的眼光。

"你的年纪还很轻吧?"她用俨然长辈似的口吻问我。

我满不高兴,本想不回答她,但继忖又不好意思,只得随口说声:"16岁。"

"唔——"她若有深思似地低下头去,一会儿,又抬起头来望我笑笑,脸上满是爱怜的样子:"不去买些东西吃吃吗?"她的声音柔和得同母亲一般。

我真想扑过去伏在她肩头上哭泣一番,贫穷给予我的委屈实在太大了,买不起花生米,又读不起普通科。但是自尊心使我抑住了情感,我只冷淡而高傲地回答："我不爱吃零食。"

于是我们便交谈起来了，她告诉了我整个身世。她是13岁上读满高小的，那时她是全班中年龄最小的一个，成绩又好，校中没有一个不羡慕她。不料那年秋天她母亲因气不过丈夫的负心行为，突然精神失常了，从此她便只得辍学下来料理家务，每天除侍奉疯母外，还得照管一个比她小8岁的弟弟。这样地过了17年光阴，她的弟弟娶妻了，她才得把责任卸给弟妇，自己再进初中一年级继续念书。

"我今已有33岁了呀！"她感慨地告诉我，"属鸡的。"

我听得出神，默不作声。

她的眼睛在厚厚的玻璃里转来转去，一会儿觑着我面庞，一会儿又扫射我全身。仿佛要在我身上找出什么似的。渐渐地，她把半个脸转向窗口去了，两眼凝视着天空，嘴唇翕动着，像念大悲咒，又像在说话。"33岁了呀！"她骇然惊觉似地直喊起来，一面重又拿起书本，急促而慌忙地念了下去。

之后，我们便渐渐成了朋友。我叫她钱大姐，同学们跟着叫她钱大姐了。她常拿教科书中不懂的地方来请教我，我呢，也因为金钱不足而自制衫裙，课余之暇常央她帮我裁剪。

第一学期终了时，学校当局也认为我年轻可惜，示意叫我转普通科，特免学费，并许我在课余干些抄写工作，借以补充膳费，这么一来前程当可远大得多了。于是我就踌躇满志，日夜忙着补大代数与解析几何。天哪，当时我是多么愚笨地为虚荣而牺牲着啊！我不喜欢大代数与解析几何，其程度正同不喜欢儿童心理与教育概论一般，但是我竟为了一念虚荣，为它们枉费了两年半的宝贵脑筋。我苦苦地学习它们，正同钱大姐苦念其他教科书一般，但是在如今想来她的目的是实际的，而我的动机却是虚荣的哪！多愚笨的行为！而我在当时却像煞有介事的认真得很呢。

更可惜的，我与钱大姐渐渐疏远了。她知道我忙不敢来打搅我，我也自以为学问事大，把衫裙都交给裁缝做去了。

在这两年半当中，我几乎全不知道钱大姐的事情，也没心思去管她的事情。但每当她的念大悲咒似的念书声音停下来时，我总觉得她的眼睛在厚玻璃内凝视着我，三分温柔，七分爱怜。

不久，我们都毕业了；不久，我们都结婚了，她在毕业以后就当一个小学教员，她的丈夫与她是同事。大前年她升任了校长。我在普通科毕业后虽经家中竭力张罗考进了大学，但总因经济不支而中途辍学下来，继之就结婚，养孩子，到如今一事无成，什么资格都没有，倒不如师范科毕业做个小学教员实际得多了。前几天我家忽然来了个不速之客，自说姓钱，是钱大姐的弟弟。他受他姊姊之托到我家来，给我送来一套孩子穿的衣裙，并且说，钱大姐觉得我闲住在家里太可惜了，问我肯不肯到她那个小学里去教教书，这样我去了她又可常常向我请教。天哪，我还有什么可以让她请教的呢？七年来为着意志不坚定，我觉得自己是个被人家遗忘掉的人了，被遗忘是痛苦的。但是钱大姐的寄语却予我以无限兴奋，她还是惦记我的！她惦记我，我决不能使她失望，让我也永远惦记着她的精神向上努力吧。

（原载《浣锦集》天地出版社 1944 年 4 月初版）

户长的苦处

我不是户长,不过我的丈夫经月不在家,我不得不代理户长的职务。我家住的是三层楼房子:自己住中间一层,楼下租给一个姓周的寡妇;三楼房客女的是宁波人,男的是葡萄牙人,姓安德生。他们有个周岁的女儿,叫葛利丝。此外还有一个女佣、一个大姐,及一只叫作拉基的哈巴狗。

第一次防空演习将举行时,我预先关照她们须做好防空窗帘及灯罩。

周太太第一个先不高兴,她皱皱眉头说道:"真讨厌!什么黑布不黑布?全是这些人在出花样。随它去!"

安德生太太则不耐烦地回答我:"我们是外国人家,勿关嘎!"

我向她们解释防空的理由时,三楼女佣死不肯相信:"上海会掷什么炸弹?不比阿拉宁波,没有外国人。师母你看是么?"安德生太太则说就落炸弹也不要紧:"这只要问我们先生到公司里去讨面外国旗来挂挂就好咧,挂了外国旗,还怕飞机吗?"

我想这样同她们讲下去，永世也讲不明白的了，只好说："就是明知不会掷炸弹，或者就掷炸弹也不要紧，不过命令总还是命令哪！租界当局叫我们做，我们怎好不做呢？"

于是周太太动起火来了，她气愤地骂："真该死，好好的，叫我们买黑布买白布？安德生太太却不以为然，她向她解释巡捕房里的人有好也有歹，好的是外国人，歹的是中国人。她说："我晓得这事体全是中国人在无事忙，外国人讲道理，不会想出这种花头来。"大姐也说还是不用睬它，让它去就是了。

我说随它去可不行，过会要罚款的。不料这又吓不倒她们。周太太胸有成竹地笑了笑说："随伊来罚好啦！"安德生太太到底像外国人，心直口快道："罚总是罚你们二房东！我们是房客，有什么事？"

这样讲来，非我苦苦求她们帮个忙不行了。经过一求再求的结果，总算承她们慨允，各在自己房里做一只单料的黑布灯罩。至于窗帘，她们一个说黑布贵，一个说挂了很难看，抵死不肯答应。我只得各送她们一叠报纸，叫她们临时把窗子糊了起来。

不料警报拉过以后，保甲长等一行人众便在我家后门口喊起来了："这里二房东是谁呀？快走出来！三楼及楼下灯光雪雪亮，你们做户长的怎么不负责呀？"

打发他们回去后，我先去劝告楼下周太太。在她的房门上敲了两下，半响不见动静，我只得重又敲门。门开了，周太太慌手慌脚的灯罩还只套上一半。"这个灯罩缝得太小一点了，拉不上呀。"她理直气壮地向我解释理由。"爽性关了灯睡觉吧！也好省些电。"后面一句大概是在说着我了。我要问她为什么不糊纸时，她早已关熄电灯，闭上房门自睡觉了。

我一口气再跑上三楼，三楼也没糊纸，却已罩上灯罩，拉基见我来了汪汪的叫，葛利丝哭了，安德生太太忙把黑罩卷了起来。我就上去阻止她，她说："没办法呀，黑布罩上了，小孩子要吵死咧！"我说那也没法子，一会飞机就要来了，看见灯光要投弹的。她擤了擤鼻子，骂道："这个断命飞机，要来为什么不早些来？也省得你半夜三更走上走下，管人家闲账！"

我气得一句话也说不出，扭转身子跑到自己房里，在幽暗的灯光下连夜草起报告书来。报告书递上联保办事处去后，不日甲长便转来一张条子，还是"着户长恳切劝告，务令其即日装置完备"云云。于是我想想还是把条子收起，免多口舌的好。

当我劝告她们时，一个仍怪这些人兴风作浪，而且她意下所谓这些人也者，当然包括户长在内。而另一个则仍开口外国人家，闭口外国人家；又怕拉基叫，又恐葛利丝要哭。大家始终"随它去！""阿拉勿关！"但甲长保长们却天天喊我过去责备，说是再不叫她们置窗帘，明天便要处罚户长了。结果还是由我自己挖腰包代她们两家制好，言明搬出时归还给我，她们因为无须出钱，便也噜苏几声收下来了。只是每晚上还要上上落落去向她们千央求、万央求，叫她们把窗帘扯得紧些，灯罩不要卷起，否则保甲长们来巡查了，还不是依旧该我们当户长的受责备吗？

（原载《浣锦集》天地出版社 1944 年 4 月初版）

出版后记

20世纪40年代,上海出现了一对文学双璧——张爱玲和苏青。苏青的文学才能,早就得到五四新文学著名作家周作人的赏识,苏青每部文集都由他亲为题签。连心气很高的张爱玲也只拿苏青和自己相配比,她只佩服苏青一人。

20世纪90年代,我们曾征得苏青后人的同意,请安徽大学方铭教授选编了《苏青小说集》和《苏青散文集》。这次分册出版,仍依照原版样和苏青当时的行文用语习惯,做了编辑整理。正如张爱玲说的"读苏青的作品,能够有一种'天涯若比邻'的广大亲切,唤起了古往今来无所不在的妻性母性的回忆……"这次推出新版,我们愿将苏青文学的人性光辉,与广大读者分享。